U0536338

〖中华诗词存稿·名家专辑〗

中华诗词学会 编

屐痕心迹

罗辉 著

中国书籍出版社
China Book Press

图书在版编目（CIP）数据

屐痕心迹 / 罗辉著 . -- 北京 : 中国书籍出版社，2019.9
（中华诗词存稿）
ISBN 978-7-5068-7431-1

Ⅰ . ①屐… Ⅱ . ①罗… Ⅲ . ①诗词—作品集—中国—当代 Ⅳ . ① I227

中国版本图书馆 CIP 数据核字 (2019) 第 193296 号

屐痕心迹

罗辉 著

责任编辑　王志刚
责任印制　孙马飞　马　芝
封面设计　采薇阁
出版发行　中国书籍出版社
地　　址　北京市丰台区三路居路 97 号（邮编：100073）
电　　话　(010) 52257143（总编室）(010) 52257140（发行部）
电子邮箱　eo@chinabp.com.cn
经　　销　全国新华书店
印　　刷　北京虎彩文化传播有限公司
开　　本　710 毫米 ×1000 毫米 1/16
字　　数　200 千字
印　　张　22
版　　次　2019 年 9 月第 1 版　2019 年 9 月第 1 次印刷
书　　号　ISBN 978-7-5068-7431-1
定　　价　298.00 元

《中华诗词存稿》编委会名单

作者简介

罗辉，男，1950 年 4 月出生，湖北大冶人。1966 年 7 月高中毕业，1968 年回乡做木匠；1977 年 7 月华中工学院（现为华中科技大学）工农兵学员毕业；1977 年 8 月至 1978 年 9 月，大冶县农机修造厂工作；1980 年 12 月华中工学院硕士研究生毕业，留校任教；1982 年 11 月至 1884 年 6 月，黄石市弹簧厂工作，任副厂长；1984 年 7 月至 1986 年 6 月，黄石市科委工作，任副主任；1986 年 7 月至 1997 年 11 月，黄石高等专科学校（现为湖北理工学院）工作，任党委书记、校长；1997 年 12 月至 1998 年 5 月，湖北省广播电视大学工作，任校长；1998 年 6 月至 2002 年 6 月，襄樊市（现为襄阳市）人民政府工作，任市长；2002 年 7 月至 2007 年 12 月，湖北省财政厅工作，任厅长；2008 年元月至 2012 年 12 月，湖北省人大常委会工作，任副主任。

1992 年起享受国务院政府特殊津贴。专业方面的著作有《齿轮叶轮类木模制造》《机械弹簧制造技术》《实用产品设计经济分析——产品设计经济学》《成本工程》《企业资本运筹学》《动态股权制》《再造企业制度》《国有企业制度与管理革命》《公共部门管理会计》等。

2010 年步入诗坛，曾任湖北省中华诗词学会会长；现任中华诗词学会副会长、湖北省荆门聂绀弩诗词研究基金会理事长。诗词曲联方面的著作有《新修康熙词谱》《常用词牌新谱》《新白香词谱》《常用曲牌新谱》《中华诗韵大辞典》《诗词格律与创作》《联律与联谱》《四时吟草》《流光情寄鹧鸪天》《一声酬唱清如水》《一路行吟集》等。此外，还发表了《诗学“三命题”刍议》等多篇诗学论文。

总 序

我们这个诗歌大国有一个很好的传统，历来注重“采诗”、搜集整理诗歌材料。作为唯一的全国性诗词组织的中华诗词学会，自 1987 年 5 月成立以来，就十分重视这项工作。学会每年的学术研讨会和历届“华夏诗词奖”，都出版论文集和获奖作品集。纪念学会成立二十年、三十年时，还专门编辑出版了《大事记》《论文选集》《诗词选集》。《中华诗词》创刊以来，每年都制作年度合订本。2007 年 5 月，在北京天识东方文化艺术传播有限公司的资助下，以近代以来诗词创作、诗词理论、诗词运动重要文献汇编，当代名家个人作品专集等为主要内容，出版了《中华诗词文库》。经过十来年的编辑整理，已经出了近百卷。这些诗集、文集的出版，记录了近百年来尤其是改革开放四十多年来，中华诗词从起步、复苏走向复兴的砥砺前行的历程，为近、当代诗歌史的撰写准备了丰富的资料。

党的十八大以来，中华民族优秀传统文化重新受到应有的重视。习近平总书记《念奴娇·追思焦裕禄》词和《军民情》七律的相继发表，引领中华大地诗潮滚滚而来。《中共中央关于繁荣发展社会主义文艺的意见》和中办、国办《关于实施中华优秀传统文化传承发展工程的意见》，都明确提出“加强对中华诗词、音乐舞蹈、书法绘画、曲艺杂技和历史文化纪录片、动画片、出版物等的扶持。”国家教育部组织制定由中华诗词学会起草的新中国语言体系中的新韵书《中华通韵》已经通过国家语言文字工作委员会语言文字规范标准审定委员会审定，即将颁布全国试行。这些都使我们真切地感受到，中华诗词的春天真的到来了。诗人们乘着骀荡春风，正以高昂的激情，书写着中华民族伟大复兴的新时代、新史诗，国家富强、民族振兴、人民幸福的中国梦；正以与人民同呼吸、共命运的诗人之心，对人民的欢乐、人民的忧患、人民的情怀给以诗意的表达；正以“美”或“刺”的诗人之笔，对市场经济大潮中人民对幸福生活的期待，对美好未来的希望，对假丑恶的深恶痛绝，或给以方向，或给以赞美，或给以鞭挞。正如习近平总书记所指出的：“好的文艺作品就应该像蓝天上的阳光、春季里的清风一样，能够启迪思想、温润心灵、陶冶人生，能够扫除颓废萎靡之风。”

当前，传统诗词创作者和诗词爱好者队伍发展迅速，已超过三百万。每天创作的诗词作品超过唐诗、宋词、元曲的总和。诗词评论研究队伍也成长很快，诗词评论、诗词学、诗词创作理论研究成果丰硕。如何从浩如烟海的诗词作品中“淘”出优秀作品，并使之存下来、传下去，如何使诗词研究理论成果“面世”并发挥应有的指导作用，确实是摆在我们面前的无可回避的一个重要课题。中华诗词学会是一个没有国家编制，没有国家拨款的社会团体，事业的运转主要靠社会赞助和会员费支撑。俊识（北京）文化传媒有限公司总经理吕梁松、北京采薇阁总经理王强，两位一直是对中华传统文化情有独钟的热心人，慷慨解囊，愿意同中华诗词学会一起，搜集整理编辑推出《中华诗词存稿》这套书，共同为中华诗词文化的继承和发展，做成这件十分有意义的事情。

《中华诗词存稿》主要搜集整理出版三部分内容的资料：一是当代诗词名家的个人作品集；二是当代诗词评论家、诗词学者的学术著作集；三是当代诗词作品、诗词理论学术成果阶段性、专题性、地域性的集成类作品集。诗词作品强调精品意识，沙里淘金，把“有筋骨、有道德、有温度”的优秀诗词作品搜集起来。诗词评论、研究类资料强调理论性和创新性，应具有鲜明的个性特点，具有创建性的见解。集成类的资料应有一定的史料保存价值。总之，做成一套具有当代价值和历史意义的好书。在此，我们编委会人员，向提供资料、筛选编辑、版面设计、校对勘误，包括所有为这套资料付出辛勤劳动的同志们，表示真诚的谢意！

郑欣淼

二〇一九年七月于北京

游目骋怀天地间

——关于“游”与“诗”关系的思考

（代前言）

罗　辉

“游”与“诗”的关系是传统诗学的一个重要命题。从历代诗坛的著名诗人或民间诗客，到自古以来的采风传统与创作实践，从“在心为志”到“发言为诗”，无论是“缘情”还是“缘政”，在许多情况下都直接或间接离不开一个“游”字。拙作《屐痕心迹》，书名中的“屐痕”两字就与“游”相连，而“心迹”两字则与“诗”相连，说明这本诗集的题材直接或间接与一个“游”字相关。所以，趁其付梓之际，笔者拟结合自身的创作实践，围绕“游”与“诗”的关系谈一点切身体会，以求教于当代诗学界的诸位专家学者。

（一）

索句追踪问事由，原来心迹系于游。
诗怀有待江山助，气象万千迎入眸。

——《感悟游与诗》

中国古代诗学心理研究表明，“物感”说是在古代创作经验感悟的基础上，对艺术生产规律的探索认识[1]。刘勰《文心雕龙·物色》云：“是以诗人感物，联类不穷；流连万象之际，沉吟视听之区。写气图貌，既随物以宛转；属采附声，亦与心而徘徊。”又云“屈平所以能洞监《风》《骚》之情者，抑亦江山之助”《文心雕龙·诠赋》还认为：“原夫‘登高’之旨，盖睹物兴情。情以物兴，故义必明雅；物以情观，故辞必巧丽。”显然，刘勰的“物感”说与“游”密切相关，“游”是感物生情的重要途径，正如王夫之《姜斋诗话》所云：“身之所历，目之所见，是铁门限。”游历诗学表明，在“游”的过程中所见之“物”，往往成为诗词创作的源泉；诗人主观之“情”亦是对客观之“物”的反映；“物、情、辞”三者之间的有机联系往往表现为：物引发情，物是情的客观媒介；情融于物，情是物的主观反映；辞饱含情，辞是情的表现形式。

其实，自有诗以来，可以说“游”与“诗”的关系就形影不离、相伴始终。据有人统计，一部《诗经》不重复的字只有2000多个，其中，“草名106种，木名74种，鸟名39种，兽名67种，昆虫名29种，鱼名20种，器皿名300余种，食物性植物44种[2]。”这些数字就雄辩地告诉人们，若是没有“游”，这么多花草树木、鸟兽虫鱼的名称又怎么能跃然纸上呢？至于说屈原辞赋如何得“江山之助”，

[1] 童庆炳等著：《中国古代诗学心理透视》，百花文艺出版社1993年版，第40页。

[2] 转引自张祖新著《通用诗学》，中国言实出版社2012年版，第6页。

詹锳先生在《文心雕龙义证》中写道："楚于山则有九嶷南岳之高，于水则有江汉沅湘之大，于湖则有云梦洞庭之巨浸，其间崖谷洲渚，森林鱼鸟之胜，诗人讴歌之天国在焉。故《湘君》一篇，言地理者十九，虽作者或有意铺陈，然使其不遇此等境地以为文学之资，将亦束手而无所凭借矣。"[3]从此以后，为得"江山之助"，历代诗坛都很盛行游历之风，重视游历对诗词创作的促进作用。有研究表明，从战国时期的游士到汉代的游学、游谒，再到唐代文人的漫游以及宋代文人的游宦，进而再到元代文人盛行的游历，历代文人都与游历结下了不解之缘。特别是元代文人对游历与诗歌的关系的思考和论述，更是形成了独具元代特色的游历诗学，在古代诗学中具有独特价值[4]。

元代前期的重要诗人戴表元就提出了"学诗先学游"与"游益广，诗益肆　"的诗学主张。他在《刘仲宽诗序》中写道："余少时喜学诗，每见山林江湖中有能者，则以问之，其法人人不同。有一老生云：子欲学诗乎？则先学游。游成，诗当自异。……身又辗转，更涉世故，一时同学诗人，眼前略无在者，后生辈因复推余能诗。余故不自知其何故也。然有来从余问诗，余因不敢劝之以游。及徐而考其诗，大抵其人之未游者，不如已游者之畅；游之狭者，不如游之广者肆也。"戴表元结合自身的创作经历，提出了不同于当时江西诗派所谓"无一字无来处"、推崇从书本中撷取诗料的做法，主张诗人走向自然，走入社会去获得诗学营养，感发创作灵感。戴氏还认为，对诗人来说，游历是一种审美体验，诗的境界与游的广度与深度有

[3]　詹锳《文心雕龙义证》，上海古籍出版社1989年版，第1760页。

[4]　参见查洪德《元代诗学通论》，北京大学出版社2004年版。

直接关系。诗人游历所接触的山川风物、风土人情等越广阔越深刻，诗的气韵就越畅达，境界就越开阔。

当代社会，旅游作为一种产业已经蔚然成风。诗人自必是游人，但游人不一定都是诗人。对于诗人或广大诗词爱好者来说，深入理解戴氏“学诗先学游”这一诗学主张的精髓很有必要。从一般意义上的旅游而言，几乎不存在何谓“学游”的问题。但是，从学诗或“采风”的意义上讲，“学游”的内涵却相当丰富。从本质上讲，诗人之“游”与非诗人之“游”的最大区别，前者是内在之“心游”；而后者是外在之“身游”。从心理学的角度讲，“心游”与“身游”的区别在于心理效应不同。明代谢榛《四溟诗话》指出：“诗有天机，待时而发，触物而成，虽幽寻苦索不得也。”对诗家而言，其“天机”在心，由“心游”产生的“物感”，待时而发，其间犹如苏轼所说的“急起从之，振笔直遂，以追其所见”，这亦是成语“一囊诗草”的内在缘由。再说，“感于哀乐，缘事而发”（《汉书·艺文志》）的诗学传统，又让“游”与“事”发生关联。其表现或是“游”的客体所蕴涵的历史之“事”，或是“游”的主体所从事的现实之“事”，这些“事”又必然成为“学诗”与“学游”的对象，融入游历诗词的创作之中。

显然，诗词题材有“大我”与“小我”之分。所谓“大我”是指诗词的题材关乎政治、政事、社会、经济、民生、集体等诸方面；所谓“小我”，是指诗词的题材只涉及“小我”自身的情感。当然，存在决定意识，“小我”不能脱离“大我”而生存，所以，所谓“小我”题材亦势必不可能脱离“大我”，必然有意或无意留下“大我”的痕迹。在游历诗词中，有所谓“山水诗”概念，有的学者认为山水诗“是歌咏山川景物的诗，是以山河湖海、风露花草、鸟兽虫鱼等大自然的事物为题材，描绘出它们的生动形象，艺术再现大自然的美，表现作者审美情趣的诗歌。”[5]但是，正如该定义落脚处所言，“表现作者审美情趣”这句话又回归到诗“言志”“抒情”的源头。清代学者朱庭珍《筱园诗话》卷一云：“夫文贵有内心，诗家亦然，而于山水诗尤要。盖有内心，则不惟写山水之形胜，并传山水之性情，兼得山水之精神。探天根而入月窟，冥契真诠，立跻圣城矣。”纵观历代众多的山水诗词，其中有些看似无人，其实有人，作者或关乎“大我”或牵涉“小我”的情与志总是或明或暗地孕育其中。哪怕是一幅山水画或一张山水照片，因为绘画或摄影的人是有情感的，所以画面或影象中势必包含着作者的情与志。无字的山水画或山水照况且如此，又何况有字的山水诗呢？鉴于传统诗词言志抒情的固有特性，那些脱离作者而独立存在的山水诗词，个中自然饱含着许多与作者相关的信息。当然，若是不了解作者的创作背景，亦能从作品或者读者的角度来理解山水诗词，这也许是现代心理研究所发现的“共情”使然。因为热爱大自然、赞美大自然、欣赏大自然，是人类共同的认知情感与审美情趣，作者亦然，读者同样亦然。2018年7月4日，《光明日报》刊登了赵刚评论波兰当代著名女作家奥尔加·托卡尔丘克荣获本年度布克国际奖的著作《云游派》的文章《生命的意义在于旅

[5]　丁成泉著：《中国山水诗史（第二版）》，华中师范大学出版社2014年版，第5页。

行》，其结束语为："托卡尔丘克向人们展示，促使人类不断旅行的，是人类的游牧天性。"也许正是缘于这种天性相通，才导致诗情与共，使得"山水诗"的创作与鉴赏古往今来长盛不衰。

传统诗词作为艺术产品，"诗言志"这一诗学命题回答了"生产什么"的问题。但"如何生产"呢？可以说"闭门觅句非诗法，只是征行自有诗。"特别是对游历诗词创作而言，内在之"心游"则是引出心中之"志"，进而"发言"成为"诗"的一种重要途径。王闿运《论诗法》认为："情动于中而形于言，无所感则无诗，有所感而不能微妙则不成诗。"这里，王氏的诗学主张不仅提出了不能缺少"感"，而且还提出了需要"感"的质量要求，"感"的质量不够，也不能成诗，至少不能成为好诗。这里，亦包含着"行万里路"与"读万卷书"相辅相成的关系。现实的游历诗词创作实践表明，对于有些"应制"诗作，若是只凭网上的资料，写出来的诗稿总觉得心理不踏实，完全印证著名诗人陆游"纸上得来终觉浅，绝知此事要躬行"这联诗句的深刻涵义。戴表元关于"身历而知之"与"未尝身历而知之"的区别，同样涉及到"物感"的质量问题。笔者还有这样的经历，那就是凭借游历现场的灵感写成的诗句，若是离开现场后一旦丢失，大多数情况下很难回忆出来。这也可能是"物感"的现场力度——即"诗有天机"的一种表现形式吧！反之，那些游历当时写出的诗稿，日后再来阅读或修改时，凝固在诗作中的"物感"却常常能让当时"心游"的场景浮现眼前。笔者在整理这本与"游"有关的诗词集时，就经常沉浸在这样的场景之中。而对于很多未曾留下诗稿的游历，可以说早已淡忘了。这也许是“心游”与“身游”两者迥异的一种外在表现吧！

（二）

人禀七情何处生？举头极目问长庚。
相邀山水披肝胆，激起心潮照月明。

——《感悟游与诗》

刘勰《文心雕龙·明诗》云：“人禀七情，应物斯感，感物吟志，莫非自然。”这里所说的“情”与“志”，大体是一个意思，可以用“情志”一词来表达，其源均为“物感”。当然，对于“大我”题材的诗作，其所言之“情志”，更体现为理性之“志”，即政治理想与道德情操；而对于“小我”题材的诗词创作，其所言之“情志”，更体现为感性之“情”，即荀子所说的“性之好恶喜怒哀乐谓之情”（《荀子·正名》）。陆机《文赋》适应魏晋六朝诗歌创作的繁荣以及个体意识的觉醒，提出“诗缘情”这一诗学命题；唐代孔颖达疏《毛诗正义》又提出“诗缘政”这一诗学命题。从字面上看，“诗缘情”与“诗缘政”中的“缘”字，不同于“诗言志”中的“言”字，后者说的是写什么的问题，而前者说的是“为什么写”的问题。至于说“感于哀乐，缘事而发”，所谓“哀乐”当然是“情志”的范畴，当“事”属于“大我”范畴时，“缘事”必然“缘政”；当“事”属于“小我”范畴时，“缘事”自必“缘情”了。

对于游历诗词创作而言，诗人游目骋怀，“随物宛转”及“与心徘徊”始终成为“游与诗”关系的诗学心理主轴。其中，“随物宛转”或“情以物兴”，是以物为主体，以心服从于物。相反，“与心徘徊”或“物以情观”，却是以心为主，用心去驾驭物。在诗人“心游”的过程中，“睹物兴情”的起点往往表现为物我对峙，而吟稿成型又往往表现为物我交融。正如当代学者童庆炳所言：“对于诗人来说，从对物理境的观察，转入到心理场的体验，是他创造的必由之路。刘勰提出的‘随物以宛转’到‘与心而徘徊’，其旨义是诗人在创作中要从对外在世界物貌的随顺体察，到内心世界情感印象步步深入的开掘，正是体现了由物理境深入心理场的心理活动规律。”[6]这段话也可以看成是从诗学心理的角度，来解读“游”与“诗”的关系，说明游历诗词创作的心路历程，往往表现为通过“随物宛转”或“情以物兴”与“与心徘徊”或“物以情观”两者之间的循环往复，不断丰富作者审美体验，进而生成情景相融的诗词意境的过程。根据笔者个人的体会，“小我”题材的游历诗词与 “大我”题材的游历诗词创作，如何“从物理境转入心理场”似有一定差别。认识这些差别，对加强自身的诗学修养很有必要。下面，先围绕“小我”题材的游历诗词创作，谈点一孔之见。

显然，创作“小我”题材的游历诗词，其所言之志或所抒之情更多地体现为感性特征，所以，在游历过程中创作这一类题材的诗词，如果是“自发”的随机创作，则多是“随物宛转”或“情以物兴”在先，“与心徘徊”或

[6]　童庆炳著：《中国古代心理诗学与美学》，中华书局2013年版，第4页。

“物以情观”在后，也就是说诗者事先并无创作的动机，只是在某个“物感”的作用下，产生强烈的创作冲动，出现苏轼所说的“不能不为之”的“自发性”，然后，再在“心”的引领下，通过内心的审美体验，托情于物，生成情景相融的诗意；如果是“自觉”的有意创作，又多是“与心徘徊”或“物以情观”在先，“随物宛转”或“情以物兴”在后，也就是说诗人一开始就有一定的创作意愿，进而在“心游”的引领下，通过内心的审美体验，寻物托情，营造意象，生成情景相融的诗家语，并将原有的创作意图付诸实践。对于修改诗稿的过程，亦可看成是“自觉性”创作过程的不断重复。

例如，1995年5月，笔者在“黄石高等专科学校”（现已经升格更名为“湖北理工学院”）工作，“五一”假期与友人一同在学校旁边的磁湖泛舟，写下了小令《画堂春·磁湖泛舟》：“一湖春水碧连天，清波满目漪涟。丝绦袅袅不争妍，送别云烟。　　莫虑打磨明镜，等闲落下归帆。轻歌短棹唱回还，浪静风恬。”又如，2001年5月，笔者在襄樊市（今更名为襄阳市）政府工作，赴河南鲁山县学习考察旅游时，夜宿石人山宾馆时写的七律《鲁山石人山》：“石月山花座上宾，灵泉流入半仙村。梦中蝴蝶飞长岭，户外雄鸡唱茂林。晓镜方知玄鬓瘦，暮峰尤觉白云深。竹林煮酒邀明月，绿草苍松不自矜。”还如，2005年6月，笔者在湖北省财政厅工作，在黄石海观山宾馆开会时写的小令《唐多令·黄石海观山》：“何处望江流？海观山上楼。水无言、千载悠悠。但有落红归此地，犹守望、散花洲。　　渔父写春秋，烟波垂钓钩。鳜鱼肥、无饵无忧。西塞风光飞白鹭，千帆过、傲矶头。”这些与

“游”有关的诗词，都有一个共同的特点，即看似无我，其实都是忙中偷闲之“小我”，在忙碌之余的一种身心放松。从创作动机来说，都是“自发”的偶然为之。第一首词的“感物”之情，是那一湖风平浪静的春水让人产生的联想；第二首诗的“感物”之情，是石人山的景物与传说让人浮想联翩；第三首词的“感物”之情，则是站在海观山眺望长江两岸风物引起的遐想，包括海观山对岸“散花洲”这个十分特殊的地名所蕴涵的哲理。

与此同时，诗人同游山水时，相互之间的一唱一和又成为古今诗坛一道亮丽的风景线。这类寓于“游”中的诗词唱和，既各自表达了个人对山水形胜的审美体验，体现了天性相通、诗情与共的一面，又内涵着诗人“小我”的个性情感，还是诗人“小我”之间情感沟通的一种特别形式。从诗学心理的角度讲，“唱者”既可能是“自发”为之，也可能是“自觉”为之；但从“和者”的角度看，肯定是“自觉”为之，必定是用“心”猎“物”，用象造境，用辞步韵，投桃报李。例如，2014年12月，时任中华诗词学会常务副会长的李文朝带队前往云南临沧采风，他欣然作词《水调歌头·临沧》：

临近澜沧水，横断叠青山。西南茶马丝路，空碧彩云闲。风雨三千岁月，崖画光鲜依旧，举世叹奇观。原始群居处，世外觅桃源。　　赏林海，登雪岭，改洪川。漫湾百里，湖景长卷映晴烟。滇缅交通门户，南亚黄金口岸，协力建家园。孔雀开屏地，幸福满人间。

表达了对临沧山山水水的赞美以及对未来发展的期许。笔者《水调歌头·临沧步韵赠诗友》：

> 流碧双江水，滴翠四周山。冬日南寻佳境，七彩不偷闲。借问佤乡千古，谁解先民万苦，胜迹粲然观。崖画悬天地，追梦赴沧源。　　绿油油，金灿灿，米粮川。晴光照眼，望中垂柳绿丝烟。三角梅枝招展，炮仗花姿奇幻，随处似春园。一路行吟客，诗意绕林间。

既是吟咏山水，表达对临沧一山一水，一草一木的热爱，同时也蕴涵着笔者一同采风的喜悦心情。这里，需要说明的是，从接受诗学的角度看，笔者认为诗词（特别是山水诗）的接受有三种维度，一是作品与作者相结合的维度；二是以作品为主的维度；三是作品与读者相结合的维度。对阅读那些不知作者创作背景的山水诗，基于天性与共、诗情与共的诗学理念，当然也可以从后两个维度来解读与鉴赏。

(三)

美人香草一同行，浪迹江湖问仄平。
水色山光明日月，大风缘政又缘情。

——《感悟游与诗》

唐代学者孔颖达疏《毛诗正义》明确提出了“诗缘政”这一重要的诗学命题，认为“风、雅之诗，缘政而作，政既不同，诗亦异体。”[7]其实，比较“风、雅之诗”，屈原《离骚》等著名诗篇更是“缘政而作”。正如刘勰《文心雕龙》所云，以“香草美人”意象系统为代表的荆楚山川风物，的确表明屈原辞赋取得“江山之助”，进而揭示了“游”与“诗”之间的密切关系，这种关系无论“小我”题材游历诗词的创作，还是对“大我”题材游历诗词的创作都是同样重要的。清代廖景文《罨画楼诗话》云：“诗贵得江山之助。王荆公居钟山，每饭已，必跨驴一至山中，或舍驴遍过野人家，所云‘独寻寒水渡，欲趁夕阳还’，‘细数落花因坐久，缓寻芳草得归迟’也。苏子瞻谪黄州，布衣芒屦，出入阡陌，每数日，辄一泛江上。晚贬岭外，无一日不游山。故其胸次洒落，兴会飞舞，妙诣入神。我辈才识远逊古人，若踞蹐一隅，何处觅佳句来？”笔者根据自己的切身体会，完全赞成廖氏推崇“诗贵得江山之助”的观点。从游历诗学来说，所谓“江山之助”既包括自然景物之助，也包括社会境况之助，即凭借一个“游”字，走近自然，深入社会，让诗人催生“物感”，不断丰富审美体验，进而激发出创作灵感，经过意象组合与意境营造，最终转化为情景相融的诗词作品来。

屈原作为我国第一位伟大的爱国主义诗人，以《离骚》为代表的屈原诗歌在继承《诗经》所开创的比兴手法的基础上，“贵得江山之助”，形成了我国古代诗歌史上

[7]　（汉）毛亨传，郑玄笺，（唐）孔颖达疏《毛诗正义》，（清）阮元校刻《十三经注疏》，中华书局1980年版，第271页。

影响深远的“香草美人”比兴传统，也为书写“大我”题材诗词树立了一座伟大的丰碑。如果说十五《国风》、小大《雅》皆缘“政”而作，属于“大我”题材的诗作，可能尚存争议的话，那么，汉高祖刘邦的《大风歌》是缘于“政”的“大我”题材诗作，则不会有任何异议。所以，可以用“大风”来代表“大我”题材的诗作。屈原追求“美政”理想，其诗歌既有言内之意，又有言外之旨，是作者“发愤以抒情”（《九章·惜诵》）的产物，亦是“大风”缘政又缘情的光辉典范。继承与弘扬屈原诗学传统，深刻理解“诗贵江山之助”的诗学内涵，发挥好“游”在“大我”题材诗词创作中的作用，对不断提高“大我”题材诗词创作的艺术水平很有理论与实际意义。根据笔者的创作体会，创作“大我”题材的游历诗词创作，无论是“游”的客体（即空间或时间）所蕴涵的历史故事，还是“游”的主体所从事的现实工作或所思考的现实问题，都会自觉不自觉或有意无意地影响诗词意象的选择与诗词意境的营造。

与此同时，传统诗学特别重视诗品与人品的统一，强调学习与践行君子人格的重要性。范仲俺《岳阳楼记》中“先天下之忧而忧，后天下之乐而乐”“居庙堂之高，则忧其民；居江湖之远，则忧其君”等名言，早已深深植根于历代诗人的心灵深处，并一直影响乃至支配着诗家“游”时的心理活动与审美体验。对于“大我”题材诗词的“自发性”创作而言，尽管创作不是诗人的预定目标，但诗人在学习参观考察等“游”的过程中，必然会“睹物兴情”“情以物兴”“物以情观”“目既往还，心亦吐纳”，进而让心中之情与志不可不发，于是某种“大我”题材的诗词创作或打下腹稿，或跃然纸上。对于“大我”题材诗词的“自觉性”创作而言，深入实际、深入群众、深入基层“游”，不但是作者获得“物感”的前提，也是诗人不断提高“大我”题材诗词创作水平的现实需要，还是成为一名有信仰、有情怀、有担当的新时代诗人的必由之路。与此同时，传统诗词的“教化”功能，亦让诗人在创作“大我”题材诗词的过程中，不断增强“大我”意识，将著名诗人白居易关于“文章合为时而著，歌诗合为事而作”的创作理念发扬光大，让诗家之“游”与“大我”题材诗词创作相互促进，相得益彰。

现代艺术心理学表明，“发泄情感的规律是自身的规律而不是艺术的规律”（苏珊·朗格《哲学新解》），艺术所需要的情感是诗意情感，而不是自然的、征兆性的情感。所以，“诗贵得江山之助”是有前提与基础的。积极心理诗学告诉我们，将自然之情转化为诗学之情，需要经过三度审美转换。首先，是在积极心理的引领下，将“随物宛转”而生的“物感”，即自然之情，经过“与心徘徊”的艺术“过滤”，转换成沁人心脾的诗情。这也正如清代学者周济所言：“学词先以用心为主，遇一事，见一物，即能沉思独往，冥然终日，出手自然不平。”（《介存斋论词杂著》）周氏所谓“用心为主”，充分说明审美体验的重要性。这亦可能是戴氏关于“学诗先学游”诗学主张的内在要义。但是，止步于内心的审美体验，即“情以物兴”还远不够，更为重要的还有下述两步：一是在积极形象思维的支配下，经过“物以情观”实现情感的对象化，即将诗意之情托付于某个“物象”，进而形成若干意象组合；二是在积极修辞的作用下，生成情景交融的诗家语。上述三度审美转换，也就是明代学者谢榛的诗学观点：“观则同于外，感则应于内。当自用其力，使内外如一，出入此心而无间也，景乃诗之媒，情乃诗之胚，合而为诗。”（《四溟诗话》）笔者切身体会到，在借力“江山之助”的同时，认识与掌握上述三度审美转换，是创作“大我”题材诗词不可或缺的诗学理论基础。

鉴于“大我”题材的诗词创作，其所言之“志”是彰显理性的“大我”之志，所以，作为诗人之“小我”必须按照习近平总书记的要求，“自觉坚守艺术理想，不断提高学养、涵养、修养，加强思想积累、知识储备、文化修养、艺术训练，努力做到‘笼天地于形内，挫万物于笔端’。”创作包括游历诗词在内的“大我”题材诗词，只有不断夯实思想政治与诗学理论这两个基础，才能将戴氏关于“游益广，诗益肆”的诗学主张落到实处。就笔者的创作实践而言，由于工作的原因，屐痕心迹遍及中外很多地方，镌刻在心中的情与志，亦通过诗词这种形式来表达。所以，笔者的许多游历诗词不是出于个人“浅斟低唱”的需要，而是“小我”融入“大我”后，自身情绪情感催促下的产物。古往今来的诗词创作实践表明，作者是自己作品的第一个忠实读者。诗词创作的过程，亦是作者加强自身修养的过程。笔者不赞成当代诗坛流传的所谓“传世说”的创作理念——即认为诗词创作的目的旨在传世，而极力主张“当下说”的创作理念——即一路行吟在当下，诗词创作首先是“当下”的需要。

这里，笔者就以出国考察期间写的诗词为例。一首是2002年10月赴日本学习考察期间写的《日本旅怀》：“白霜又冷樱花树，红叶犹牵两地山。沧海无边存史册，黑云有故起波澜。当闻虎啸生忧虑，莫醉莺歌戒妄谈。借得东风催骏马，雄关漫道卷浮岚。”另一首是2012年8月赴法国考察期间写的《水调歌头·巴黎塞纳河畔感怀》：“薄暮夕阳晚，疏雨霁光明。塞纳河边揽胜，遐迩早知名。凝视高低景物，细数兴衰岁月，逝水有涛声。剪影金穹顶，青史寄叮咛。　　登铁塔，穿宫殿，话军营。蓦然回首东望，往事愤填膺。八猰齐侵乱噬，一火狂烧无道，断壁卧京城。故国蒙奇耻，大海濯长缨。”应该说出访期间并没有写诗的任务，但作为一名诗词爱好者，由于“气之动物，物之感人”，所以“摇荡性情，形诸舞咏”（钟嵘《诗品序》），有时候会不由自主地将心中的话写下来。“位卑未敢忘忧国”，这种言志抒情的方式没有一丝一毫的功利色彩，只是作为一名“小我”那挥之不去的家国情怀，自将融化在诗的字里行间。孔颖达疏《毛氏正义》提出“诗缘政”这一重要的诗学理论时，还明确提出“非君子不能作诗”的诗学主张。如果将“学诗先学游”与“生命的意义在于旅行”等理念结合起来理解，那么，作为一名诗人或诗词爱好者，大力弘扬君子文化，努力践行君子人格，在创作“大我”题材游历诗词的过程中不断升华自身的诗品与人品，必然会成为矢志不渝的终生追求。

目　录

五　绝

七　绝

五　律

七 律

小　令

中 调

长 调

五绝

访古刹

深山归鸟噪，寄语问高僧。
何以尘难染？常闻棒喝声。

（1985年10月）

乘江轮过小孤山

寂寞小孤山，何时有笑颜？
凝眸剪秋水，梦里玉盘圆。

（1994年10月）

谷城承恩寺

碧水灵泉细，山深草木幽。
铜钟鸣万里，银烛照三秋。

（1998年11月）

雨中观荷

骤雨打青荷，珍珠千万多。
静观莲子意，恰似恋清波。

（2002年6月）

深山寄语

红叶众山秋，清溪一叶舟。
晚霞迎远客，归鸟入明眸。

（2003年11月）

于内蒙古格根塔拉草原

蓝天绿草肥，骏马彩旗飞。
篝火思乡曲，客心随月归。

（2004年10月）

冬晨

红梅斗雪开，一缕暗香来。
晨练人行早，霜风亦壮怀。

（2005年元月）

秭归兴山行

昭君塞北行，屈子楚风鸣。
天地生人杰，千秋日月明。

（2005年7月）

奥克兰旅途

千里霁光明，彩虹迎客情。
白云肥绿草，潋滟水波清。

（2005年7月）

新疆达坂城

飞歌达坂城，万里慕名行。
人面桃花处，无声胜有声。

（2005年9月）

新疆旅途偶怀

荆楚龙船调，敖包相会歌。
情深大江浅，落叶守霜柯。

（2005年9月）

日本洞爷湖

玉鉴照高旻，刀光剑影深。
望中难问及，谁解这般心？

（2005年10月）

日本旅怀

大海烹明月，涛花又沸腾。
魂牵东渡佛，但愿有传灯。

（2005年10月）

秋山寄语

黄昏对远山，青眼望中连。
红叶秋风劲，催人直向前。

（2005年11月）

从北京到伊斯坦布尔

登机夜正阑，着陆晓星残。
谁料时差故，赚回半日闲？

（2007年5月）

延边地下森林

置身林海里，漫步树梢头。
举手牵天地，欲将云彩收。

（2011年9月）

恩施大峡谷

红日犹如火，高烧一炷香。
迎来天下客，放眼画图长。

（2016年5月）

遂昌寄怀

名扬汤显祖，传语往来人。
谁解行藏道，一心无二门？

（2018年9月）

七绝

故乡铁桥

旧时铁轨旧时桥，连接东西岁月遥。
一代知青牵手过，不堪稚气又含娇。

（1969年8月）

禅林“打坐”

举头无意眼前山，穿透浮云心自闲。
不管枝头风雨急，但盘双腿坐蒲团。

（1988年5月）

合肥瞻仰包公墓

死去何言万事空？苍天不老岁寒松。
抛开俗念三千斗，虎铡风清虎胆红。

（1989年9月）

春雨润怀

夜阑春木浇春雨，闻得枝头淅沥声。
任尔流光换颜色，枯荣不改一身清。

（1990年3月）

重阳节寄怀

烟波江上夕阳红，放出涛花入眼中。
试与朝霞比留影，黄鸡休唱白头翁。

（1990年10月）

江城辛未元夜

十里长街十里明，一江灯火一江情。
玉羊追马蹄声碎，唤出春风又满城。

（1991年2月）

师生同游西塞山

一山松竹沐春晖，牛角挂书穿翠微。
踏上矶头寻白鹭，漫天桃李嫩香飞。

（1991年4月）

秋雨润怀

雨住风停霁色明，莫言芳意竟何成？
一园丹桂香犹在，自带清霜入性灵。

（1991年10月）

北京之行

千里春光铁翅飞，白云黄鹤绿先归。
谁教北上征花信？欲借东风岁月催。

（1993年2月）

客醉他乡

山乡酣卧客难归，豪气元龙不皱眉。
酒醒三更疑得梦，等闲卖卜话尊卑。

（1993年4月）

雾看庐山

一山苍翠一江蓝，百里云烟百岭残。
莫叹峰姿不相识，但磐基石立人间。

（1993年5月）

清明节寄思

清明风味绿先知，千树新芽恋旧枝。
无奈人生难再少，依稀又见发如丝。

（1994年4月）

中秋思远

千里婵娟欲寄君，桂花美酒为谁斟？
不堪独饮千杯尽，遥望天涯夜半分。

（1994年中秋节）

寄怀乘快艇

大江东去竞飞舟，欲主沉浮仗运筹。
直面惊涛度时势，中流击水橹声柔。

（1994年10月）

同窗偶逢

曾经苦读月如钩，邂逅生疏两白头。
借问当年题壮语，不知谁料有离愁？

（1994年11月）

旅途会故人

车笠相逢话语长，青衣紫绶两茫茫。
绿肥红瘦无惆怅，但愿人生放眼量。

（1995年5月）

香港海洋公园

登高望远海天明，犹过山车稚气腾。
妙景满园谁造化？涛声恰似送心声。

（1995年10月）

秋夜寄思

月下徘徊霜木间，枝头红叶似春山。
悠然独酌新丰酒，又醉枫林又醉颜。

（1995年11月）

观竹

一园竹笋长成林，难得人间自在身。
节外生枝问何故？只缘烟雨乱清心。

（1996年5月）

江上飞舟

心花怒放浪花飞，身影沸腾披曙晖。
水急波高邀好汉，不经沧海不思归。

（1996年7月）

郴州飞天山

飞天山水欲争奇，借问风光际会期。
但愿苏仙引人脉，有踪何患不成蹊。

（1997年11月）

雪天逢故人

万木银装不夜天，班荆传语入心田。
相逢樽酒催人醉，玉洁冰清对岁寒。

（1998年元月）

襄阳紫薇花

酷暑清心独自开，历秋犹自不伤怀。
河阳花市芳千里，放眼襄江遍地栽。

（1998年10月）

云南石林三首

（一）

林海奇观尽石峰，凝神注目梦魂通。
他乡景致催遐想，借得天机唤大风。

（二）

无花有果倚奇峰，独笑群芳窍未通。
不计争妍不嫌瘦，但携秋实对霜风。

（三）

谁将巨石凿成峰？始信神工鬼斧通。
借得灵犀梦寥廓，筑坛传语借东风。

（1999年8月）

昆明旅怀

秋至春城不觉秋，天人合一胜良俦。
临渊莫羡鲈鱼美，但结网箱争壮猷。

（1999年8月）

西欧旅怀三首

（一）于异国途中

异域风情纵目游，一番思索一番忧。
他山取石图攻玉，借得匠心忙运筹。

（二）于异国中餐馆

一曲乡音酒一杯，刀叉碗筷若传媒。
紫薇经眼犹相识，酣卧梦中千里归。

（三）于威尼斯

一座水城天下知，轻舟拍浪动遐思。
经心细品西风韵，难用洋文赋汉诗。

（2000年8月）

金秋寄语

参天银杏满街黄，照眼红枫暖夕阳。
谁说秋光生气少？于无声处诉衷肠。

（2000年11月）

鲁山石人山

白石先生独进山，春风秋月尽开颜。
红尘隔断三千里，犹是成仙脱俗难。

（2001年5月）

乘飞机过少林寺

雨霁穿行云海间，俯窥红叶过嵩山。
梦中犹似闻僧语，天地清新胜似禅。

（2001年5月）

诸葛亮夫人——黄月英故里

千秋淑女有心声，阿丑湖中身影清。
一路相濡谋大计，谁知羽扇富才情？

（2001年6月）

秋枝寄语二首

（一）

雨后梧桐叶正黄，西楼霁月照寒霜。
风吹万木千山瘦，莫道枝头秃顶凉。

（二）

一叶秋风一树明，繁枝去冗遍身轻。
霜天万木重修好，不用争妍斗薄情。

（2001年11月）

威海天尽头

谁说苍天有尽头？云帆万里渡洋洲。
八仙惊识新风面，自愧关门卧蜃楼。

（2002年7月）

西藏布达拉宫

穿越红宫又白宫，迎来扑面佛禅风。
经传万里催蹄奋，天下谁人思玉骢？

（2002年8月）

雪域高原旅怀

乾坤不夜白云边，望处无尘对九天。
酣醉三台披鹤氅，冰心万里度龙山。

（2002年8月）

阳春红叶二首

（一）

阳春红叶无人问，遍地芬芳乱客心。
若是秋山花似锦，谁生闲趣咏枫林？

(二)

阳春红叶不争春，历暑凌寒悦世人。
但待新枝又归去，一声杜宇一声魂。

（2003年3月）

龙船调

九曲清江草木香，龙船古调寄牛郎。
世间幺妹追巴月，但愿星桥足迹长。

（2003年3月）

孤芳

清明时节霁光新，欲问孤芳未了因。
不与争妍犹独放，但凭风雨长精神。

（2003年4月）

落花

洗尽浓妆容自真，一枝花落一枝新。
谁知眼下飞红雨，不惜芬芳化作尘？

（2003年5月）

别后首次回襄阳

花开花落半消磨，堕泪碑前问几何。
借得岘山抬望眼，风声未改汉江波。

（2003年6月）

观莲三首

（一）

消暑行舟入藕池，清凉泽国动遐思。
人生何计消惆怅？借问莲花照眼时。

（二）

万顷青莲胜佛台，一湖碧水润襟怀。
谁知千古禅林韵？唯有清心方可栽。

（三）

一朵芙蓉酷暑开，污泥浊水纳尘埃。
居然不染莲根净，赢得佛禅天下栽。

（2003年6月）

房县即事

一水新颜梯级多，两旁绿树照清波。
可怜往事摇疏影，欲解迷津问月梭。

（2003年8月）

神农架观雨

神农雨水亦多情，一洗无尘又放晴。
崖上飞流何处去？东西南北绕山行。

（2003年8月）

老同学相聚

曾经苦读月如钩，谁料相逢皆白头？
南浦当年难折柳，东湖今夜不言愁。

（2003年11月）

武陵山

武陵风色雨茫茫，万壑千岩次第藏。
欲识群山真面目，但愁有眼却无方。

（2003年12月）

汉水津头

北马南船汉水边，今人不见古人颜。
但闻过客遗踪迹，堕泪碑前问岘山。

（2003年12月）

孝感观音湖

观音湖上拜观音，莫问皈依自问心。
世事茫茫无定势，为何来往闹红尘？

（2003年12月）

早春寄怀

有枝无叶失精神，锦上添花自可人。
若是不经霜雨雪，哪来红绿闹新春。

（2004年2月）

江滩漫步

江上飞舟劈浪行，惊涛得意莫忘形。
任它咆哮如狮吼，自有鹭鸥鸣不平。

（2004年5月）

武汉东湖落雁岛

水榭楼台小径长，灯光山影夜风凉。
何时雁落莲池畔，见识人间美酒香？

（2004年5月）

夏日即事

丹青画里芳枝俏，留住常开不谢时。
试比落红肥劲草，世间何物不凝思？

（2004年6月）

监利即事

江岸绿杨烟景多，丝绦袅袅舞婆娑。
荆南名士思桑梓，借得轻舟喜泛鹅①。

（2004年6月）

【注】

① 喜泛鹅句：系指监利县为本县著名的“三王”书法家修建了泛鹅碑廊一事。

罗田薄刀峰

大别山头向碧空，神工磨出薄刀峰。
劈开雾障迎红日，多少风云小道中。

（2004年8月）

霜天寄怀

漫天红叶若天书，字里行间情味殊。
心上无秋可精读，自抛恩怨对桑榆。

（2004年9月）

黄昏寄语

一天风色送秋凉，遍地梧桐叶正黄。
霜菊迎眸芳馥郁，催人驻足送迷茫。

（2004年10月）

武汉楚城

楚城一览众山秋，短旅长河觅楚舟。
惟楚有才天下晓，楚天世代竞风流。

（2004年11月）

美国迪斯尼乐园

扬名天下迪斯尼，借得西洋镜外思。
何谓风情何谓景？聊将创意寄天时。

（2004年11月）

加拿大大瀑布

霪雨霏霏别样情，雾中瀑布啸涛声。
银帆疑是天公赐，不用乘风万里行。

（2004年月11月）

武当山金顶

石为绝顶殿为峰，道在武当天地中。
山泽儒仙知世味，守真抱朴任西东。

（2005年7月）

神农架风景垭

雾中问景寸心驰，山色蒙纱不见姿。
掀起盖头三百丈，迎来日照又寻思。

（2005年7月）

咏箭竹

神农箭竹气冲天，咬定青山根不迁。
酷暑严霜皆挺拔，生前身后尽奇观。

（2005年7月）

悉尼邦迪海滩二首

（一）

冬光春意异乡游，足下沙滩别样柔。
漫转青眸观大海，蓝波白浪举船头。

（二）

海天沐浴卧沙床，返老还童野趣长。
一望无涯生万绪，何时碧水到吾乡？

（2005年7月）

澳洲黄金海岸二首

（一）

异域天光云色开，海边日出动离怀。
蓦然有景无心赏，远客遐思又上来。

（二）

风和日丽午间长，冬暖游人着夏装。
冲浪少年挥意气，沙滩仿佛是沙场。

（2005年7月）

澳洲旅怀二首

（一）

郑和万里下西洋，又壮山河又断肠。
可惜先人无远虑，他乡织女失牛郎。

（二）

青山碧水一天明，少有炊烟少有城。
偶尔惊闻闹腾事，不争生计只争鸣。

（2005年7月）

澳洲海边晚餐

午暑晚凉炉火红，海天风色不相同。
鱿鱼不及鲈鱼美，寒意催生酒意浓。

（2005年7月）

新西兰红木森林二首

（一）

红木参天不用栽，异乡葱翠又侵怀。
梦中尧舜催青帝，赐我神州万古材。

（二）

蕨树为藤却似树，一根罗带结同心。
不离不弃经风雨，试比衣冠禽兽人。

（2005年7月）

感受高尔夫

柔柳微风一片阴，小球大手不分身。
红尘自有清幽处，绿水蓝天碧影深。

（2005年8月）

远安旅怀

鸣凤山前彩凤鸣，沮河不沮映青屏。
长怀武圣千峰峻，不减忠仁节义情。

（2005年8月）

初到新疆

三山三水三盘地，九月天寒白雪飞。
但有暖风迎远客，肥羊美酒不思归。

（2005年9月）

阿勒泰五彩滩头

五彩滩头询五彩，红黄蓝绿咋生成？
春风夏月秋冬雪，还有绵绵细雨声。

（2005年9月）

吐鲁番葡萄沟

葡萄沟里品葡萄，石窟洞前思绪遥。
自古天人知合一，相濡以沫护妖娆。

（2005年9月）

新疆赛里木湖二首

（一）

天山远水莫须斟，赛里木湖盐一盆。
何日引来三峡水，且将清淡煮清真。

（二）

蒙古包中倾绿樽，清歌妙舞马头琴。
跻身碧水蓝天下，举手白头牵白云。

（2005年9月）

新疆天池

白顶玉峰山水明，一池流碧若云行。
神针定海千钧力，始信灵榆不负名。

（2005年9月）

新疆农村

碧水长渠绿树栽，枝头微笑逐颜开。
方田良种炊烟密，遍地牛羊引客来。

（2005年9月）

新疆棉

四海扬名西域棉，神山圣水润肥田。
不知花色谁堪比？胜似琼姿沃雪天。

（2005年9月）

新疆胡杨

西域胡杨天下扬，经寒历暑守边疆。
生前身后三千岁，不折身腰不下冈。

（2005年9月）

回襄阳

真武山头望汉江，几帆落下几帆扬。
相逢莫问沉浮事，不改晴光照故乡。

（2005年9月）

秋山寄怀

苍山红叶傲霜枝，春夏秋冬四季诗。
莫道老从头上起，秋风落木又新姿。

（2005年11月）

石榴秋色

昔日榴花耀眼明，而今时去泣秋声。
寒枝失宠光头瘦，长叹霜风戏落英。

（2005年11月）

从北国到南粤

朝辞北国雪光寒，午沐南风热浪欢。
犹似炎凉千百态，欲呼青鸟报人间。

（2006年2月）

咏油菜二首

（一）

一野春风油菜黄，兰花尽笑丽人旁。
朱门景色骄娇艳，难比田园馥郁长。

（二）

景仰路旁油菜花，向来无虑不生嗟。
但求结下丰收果，犹佐三餐进万家。

（2006年3月）

小 草

小草春风又发芽，天高地阔自当家。
可怜争艳骄枝累，昂首不堪飞落花。

（2006年3月）

端午节

端午闻风艾叶香，龙舟竞渡楚江长。
美人香草知多少？一卷离骚问故乡。

（2006年5月）

圣地亚哥圣母山

圣母山头白日曛，满城迷惘罩黄云。
他乡乱石磨明镜，但愿神州不驻尘。

（2006年5月）

烟雨中

一路丛林一路阴，轻风细雨挟扬尘。
欲寻造化菩提树，借问为何不现身？

（2006年9月）

克里姆林宫观感

霜天黄叶岁寒枝，凝目红墙动客思。
俯仰之间多少事，是非功过有谁知？

（2006年10月）

芬兰北极村

客行万里踏冰封，林海云天尽玉容。
红果凌寒不凋谢，微身硬朗问西东。

（2006年11月）

观梅

疏红薄翠寄征程，一树梅羹一树情。
不与春华争斗艳，罗浮逐梦越冬生。

（2006年12月）

雪梅二首

（一）

红梅白雪报新春，赢得天时自洁身。
一路相濡又相沫，不争不弃不伤神。

（二）

漫天飞雪压尘沙，装点人间千万家。
犹有红笺报春讯，冲寒唤出一枝花。

（2007年元月）

客舍桃花

一树红芳独自开，主人用意不多栽。
何须戒备花经眼，有误郎君上玉阶。

（2007年3月）

漫步赣江边

滕王阁下赣江流，何处追寻天尽头？
传语鄱阳湖上雁，只留踪迹莫留愁。

（2007年4月）

九华暮色

竹暗寺明禅界清，夕阳西下众僧行。
乌衣巷口飞春燕，尽是寻常百姓情。

（2007年4月）

伊斯坦布尔水宫

往事如烟岁月侵，千年不朽水宫深。
高渠远道从天落，一柱一梁凝匠心。

（2007年5月）

落木

霜天落木莫须嗟，明月无声寄桂花。
借得天公作媒妁，悠然入世娶寒葩。

（2007年10月）

早春观柳

风和日丽一天明，点点青斑午梦轻。
柳眼何如迎面笑？只缘半路又缘情。

（2008年2月）

春游即事

华发郊游问早春，为何姿色不均匀。
清心又把花枝嗅，犹识寻常绿叶亲。

（2008年3月）

神农架观光

白云峻岭杜鹃红，雾里观花笑劲松。
箭竹百年身不老，等闲富有等闲穷。

（2008年5月）

清江生态大佛

清江大佛立人间，皓月传经莫等闲。
江峡风姿引明目，青山绿水两投缘。

（2008年5月）

庐山旅怀

举眸远眺问颜容，疑似八方风色同。
欲识匡庐真面目，自当深入此山中。

（2008年8月）

旅途次韵寄故人

鸿爪雪泥终渺茫，等闲烟雨对行藏。
长亭短韵邀明月，梦得长庚一苇航。

（2008年11月）

从悉尼到堪培拉

一路丛林一路闲，蓝天绿草尽开颜。
他乡难得人烟少，不与白云争九天。

（2008年12月）

南宁青秀山

疏雨茫茫自等闲，桃花谢了木棉欢。
望中山色情难老，畅沐春风天地间。

（2009年3月）

张家界天下第一桥

日月星辰岁月遥，天公何故架仙桥？
牛郎织女疑传语，世上相思动九霄。

（2009年10月）

斯德哥尔摩旅怀

异域闲情看古城，一时风雨一时晴。
谁圆沧海千秋梦？踏破惊涛浪自平。

（2010年8月）

台湾旅怀

东西南北一周行，雨霁天晴海浪平。
遍地风光喜相识，半缘景色半缘情。

（2011年6月）

于台湾阿里山茶馆

千里追寻阿里山，煮茶论道品甘甜。
望中茶圣犹传语，一峡安澜胜玉泉。

（2011年6月）

秋怀二首

（一）

漫天风色送秋凉，薄暮梧桐叶正黄。
霜菊清芬不争艳，东篱足迹向前方。

（二）

霜林烂漫又天真，染透山光秋色新。
但愿人间多一笑，红颜醉意拂红尘。

（2011年10月）

“七夕”凌空寄怀二首

（一）

莫道天涯若比邻，望中七夕夜深沉。
鹊桥不度西洋客，难怪他乡多独身。

（二）

七夕巡天追梦长，迎来喜鹊架桥忙。
有情守望银河畔，不觉孤单子夜凉。

（2012年8月）

儋州怀古

三州千古一东坡，试问乌台知几何？
若是时人争后世，料无浊水起风波。

（2014年11月）

佤乡步韵赠诗友二首

（一）

佤村胜似杏花村，争得游人欲断魂。
一路行吟不须酒，陶然若醉古风存。

（二）

不入烟尘不笼雾，佤乡犹似梦中乡。
望中三角梅枝俏，绿嫩红鲜胜似芳。

（2014年12月）

云南耿马步韵赠诗友

流响如琴不用弦，疏狂华发舞翩跹。
莫言世外桃源远，眼下犹如天外天。

（2014年12月）

科尔沁大青沟观草

大青沟畔草丛骄，枉与枝头试比高。
犹自不知风有意，轻身乱舞对松涛。

（2015年8月）

科尔沁观赛马二首

（一）

离离原上草无疆，风展旌旗尘土扬。
但愿借来田忌马，独穿蹊径破羊肠。

（二）

新矢良弓力在端，望中有的白云边。
奋蹄万里追天际，快马原来不用鞭。

（2015年8月）

秋日观荷

红莲虽谢绿荷圆，莫道秋声在耳边。
遍地紫薇花照眼，欣然落帽更怡颜。

（2015年9月）

漫步罗田薄刀峰

大别山花别样红，彩云妆点薄刀峰。
自将岁月裁成画，留取英姿心目中。

（2016年4月）

神农架杜鹃花

绝壁危崖红杜鹃，一花胜似百花妍。
游人驻足朝天叹，自愧凡身不是仙。

（2016年5月）

登神农顶二首

（一）

山为屋脊我为峰，犹在三千银界中。
聊剪白云披马褂，举杯传语敬天公。

（二）

不争捷足不争峰，山外有山山有松。
自是登高更明目，望中景物在云中。

（2016年5月）

利川卧龙吞江感赋

叠瀑惊涛水尽头，卧龙吐气纳江流。
望中多少不平事，畅饮清源洗万愁。

（2016年5月）

雪天即事

过客匆匆身影稀，仙葩又缀旧时衣。
蓦然回首无踪迹，莫道飞鸿踏雪泥。

（2018年元月）

五祖寺即兴三首

（一）

世间无处不离禅，但有东山月粲然。
流响千秋若天籁，随缘观止两悠闲。

（二）

不分昼夜种心田，借得空中一把镰。
但愿浮云莫遮月，漫天星斗正参禅。

（三）

松风竹雨自传言，葱郁长留天地间。
恰似菩提根在世，清心守望祖庭前。

（2018年4月）

采薇阁赠王强总经理

王者采薇根脉长，强风万里蕙兰香。
有心追月争高下，为地摊人谱乐章。

（2019年5月）

五律

下农村

红叶染秋霜，男儿始拓荒。
桑田历风雨，刨锯润壶浆。
艺海波涛涌，灯窗翰墨香。
闻鸡忙起舞，茧手自图强。

（1968年11月）

故乡旅怀

闲来细斟酌，方识故乡亲。
进退畅吟菊，高低耻拜尘。
凤池多贵客，茅屋少佳人。
何意江湖上，难为自在身？

（1984年10月）

古刹观感

古刹倚悬崖，无须闹市哗。
甘泉连地底，灵气达天涯。
问佛时空远，参禅日月华。
望中归鸟急，又引水明霞。

（1985年10月）

登山寄怀

九曲羊肠道，碧溪杨柳青。
山泉滋劲草，木叶掩繁星。
沾露衣襟染，沐风眉睫横。
行将闲逸味，赋得醉翁亭。

（1999年3月）

鄂州西山即事

暮钟声及远，华发沐斜晖。
新月笼红叶，古碑披翠微。
山中归鸟噪，江上浪花飞。
望处谁知觉？空灵一路随。

（2000年12月）

豫州寄怀

畅饮黄河水，他乡觅锦囊。
才疏谋大略，心直话衷肠。
灯下文章静，诗中情趣狂。
欲乘风浪舞，千里举帆樯。

（2001年5月）

夜游珠江

灯火羊城夜，风光粤海舟。
月明双眼炯，波动一江游。
民岂聊生足，官当尽责忧。
渔梁洲上客，俯首问良谋。

（2001年8月）

西藏旅途

西域高原味，初秋不觉秋。
气蒸山岭雪，波动石滩舟。
峡谷生幽景，时人了冗愁。
新风迎远客，潇洒走牦牛。

（2002年8月）

西藏扎什伦布寺

林高古寺深，晓曙送冰轮。
大殿金身夜，神山玉宇春。
畅怀千古事，犹觉一时新。
何谓传衣钵？无人不转经。

（2002年8月）

日本青森县茂蒲岛

车辙长山下，帆樯大海中。
凝眸霜叶茂，俯首水霞浓。
篝火餐犹美，琴樽意自通。
抬头望天地，寄语万年松。

（2002年10月）

羁旅思归

江城闹飞雪，远客问归程。
旅梦三千里，言传一万声。
白云愁地冻，黄鹤望天晴。
但愿阳光下，春风伴我行。

（2003年2月）

漫步即兴

足下暮山横，枝头宿鸟鸣。
夕阳侵古道，明月照新程。
传语常追雁，翱翔欲化鹏。
莫言霜鬓老，犹自壮怀行。

（2002年11月）

武当山登金顶

万众登金顶，何如道法通？
跻身天地外，极目有无中。
传语乌鸦岭，扬名太极功。
荡胸观胜迹，老子问忧忡。

（2003年6月）

神农架即兴

晓登风景垭，午逗小金猴。
丽日桦枝俏，高山草甸稠。
野人迷远客，富氧誉神州。
随处仁风劲，护林兴旅游。

（2003年8月）

三峡大坝坛子岭揽胜

巍巍形胜地，千载梦成真。
高坝惊天地，平湖泣鬼神。
登坛江面阔，望月桂花馨。
传语香溪水，昭君又返魂。

（2003年10月）

黄梅四祖寺二首

（一）

慕名寻四祖，数里入云峰。
大道连松径，小桥闻梵钟。
新僧才拜祖，古木自归宗。
但愿菩提树，植根尘世中。

（二）

古寺换新容，云舒薄暮中。
双峰修竹翠，一路夕阳红。
水碧尘难染，泉清灵自通。
经时历风雨，岁月又鸣钟。

（2003年11月）

山村访故人

白云深处静，曲径入云峰。
难问窗前影，但追尘外踪。
鸟鸣惊客梦，日出响晨钟。
心路无宽窄，灵犀一点通。

（2004年3月）

回故乡

夜雨洗归程，霁光催我行。
青云孺子梦，红日故乡情。
白发难回首，清风不打萍。
一池莲叶碧，激浊又扬清。

（2004年5月）

鄂州三山湖

云黑一时阴，山青半路明。
凌波绿荷舞，浮水白鸥鸣。
柔橹催鱼跃，轻舟压浪平。
往来寻浪迹，何谓不相争？

（2004年8月）

大别山天堂寨

陟高霜叶丹，霁色尽开颜。
义重天堂寨，情深大别山。
苍松迎远客，碧水荡轻帆。
往事知多少？长留伯仲间。

（2004年10月）

秋山寄怀

苍山岁月侵，彩色染层林。
鸟有归巢梦，溪怀出涧心。
枫枝辞落叶，石壁响回音。
身倚夕阳暖，悠然读古今。

（2004年11月）

从北京到旧金山

中天世纪坛，夜幕旧金山。
万里时空短，千秋日月悬。
凝眸辨肤色，驻足问髭髯。
借得他乡水，煮茶邀俊贤。

（2004年11月）

加拿大观光

玉尘芳草地，霁色靓幽姿。
海阔烟波渺，天寒枫叶稀。
月明知古木，物茂问新奇。
借得他乡帛，归来裁锦衣。

（2004年11月）

加拿大温哥华岛

霞生大海边，雨霁老门前。
思旧往时景，履新今日天。
丛林千色染，风物一园欢。
回首思乡切，寒梅应未眠。

（2004年11月）

温哥华狮门桥

眺望狮桥上，苍山雪满头。
天蓝枝叶茂，海碧橹声柔。
绿草无寒意，红梅有暖流。
借来枫叶汁，万里寄神州。

（2004年11月）

红安七里坪革命旧址

雄姿七里坪，长夜向天明。
集会铜锣响，挥刀烈马鸣。
江山留胜迹，史册载英名。
世代红旗展，春风又一程。

（2005年元月）

黄梅五祖寺

一寺生双祖，四时牵八方。
禅房月光满，偈语佛音长。
流响传神韵，莲池溢馥芳。
谁知照明镜，犹自透心房？

（2005年3月）

黄梅旅怀

上下几千年，往来人世间。
莫争三寸气，但惜一生缘。
两祖迎禅客，双梭织俗寰。
轮回何处是？寄语问苍天。

（2005年3月）

回故里

阳春回故里，百味涌心头。
迈步青龙阁，凝眸湛月楼。
当为三异政①，莫失一良谋。
把酒千杯尽，何言岁月稠？

（2005年3月）

【注】

① 三异政句：系化用“三异”典故，如古代诗人郭应祥《西江月·寿韩宰》：“政成三异合归期，试目天边紫诏。”

参与港澳招商

雄楚旌旗舞，仁风太极圆。
白云携美酒，黄鹤寄华笺。
捷报蓝天阔，凯歌沧海喧。
编钟又迎客，万里奋征鞍。

（2005年5月）

澳门一日游

古木不堪言，圣堂存断垣。
观光交百感，读史越千年。
残迹生灵叹，浮云游子寒。
而今绿春色，山水尽开颜。

（2005年5月）

枣阳行

六月枣阳美，花繁栀子香。
枝枝立天地，朵朵靓城乡。
逝水涛声悄，流年蕙草荒。
谁知故人迹？难得问苍黄。

（2005年6月）

悉尼旅怀

华光照客袍，歌舞动虹桥。
沧海摇烟月，丹心卷雪涛。
眼前林叶茂，枕上梦魂遥。
把酒问天下，何时共富饶？

（2005年7月）

韩国统一观望台

登台望南北，僵卧一江流。
烽火连天日，边关遍地愁。
旌旗鸣号角，山水鉴沉浮。
欲问分离苦，何时有尽头？

（2005年7月）

空中骋怀

人生知几许？极目问苍穹。
梦入蟾宫里，身浮云海中。
红尘千里远，白浪一时空。
俯瞰风帆渺，归来笑妪翁。

（2005年7月）

神农架旅怀二首

（一）

初来登屋脊，犹似入桃源。
梆鼓充神气，洪声动大山。
野人千岭觅，胜境两眸牵。
但愿开门户，路通天地宽。

（二）

相约神农架，深山万木青。
玉壶催客醉，金燕待时鸣。
伙计一声吼，风情百媚生。
望中篝火旺，擂鼓请长缨。

（2005年7月）

保康尧治河村

重来尧治河，啼鸟问如何。
雨骤山流急，云舒瀑布多。
千岩生热泪，万涧涌欢波。
邂逅新天地，仁风一路歌。

（2005年8月）

陪客高尔夫寄怀

微风拂芳草，高柳照新晴。
双手牵天地，四时分浊清。
绿肥荷叶茂，红瘦桂花明。
借问江湖水，为何总不平？

（2005年8月）

飞越大西北

俯观黄土地，惆怅弄心潮。
郁郁沙犹瘦，离离草又凋。
人稀秋气早，雨少夏阳骄。
寄语问青帝，何时麦浪摇？

（2005年9月）

新疆戈壁滩

凝眸戈壁滩，酷暑汗尤咸。
借问坎儿井，方知火焰山。
故城千古事，明月几时圆？
唯有交河水，长流向涅槃。

（2005年9月）

新疆行

仰止对胡杨，双眸诧异乡。
蓝天腾暑气，碧水润衷肠。
欲用春秋笔，畅吟寒暑光。
有缘游塞外，把酒问苍茫。

（2005年9月）

新疆喀纳斯湖

亦雨亦晴空，青山护劲松。
峰高横玉带，云淡落霓虹。
水怪难传语，湖光不绝踪。
燃情篝火旺，无酒醉颜红。

（2005年9月）

吐鲁番

九月骄阳火，葡萄香又甜。
沉沉坎儿井，历历玉峰山。
引水浇戈壁，骋怀追雪天。
往来思造化，借问是何缘？

（2005年9月）

随行考察博尔塔拉州

他乡问玉骢，远客梦魂通。
大地和风劲，高天旭日红。
手牵千里外，情注一杯中。
犹借龙船调，华笺送弟兄。

（2005年9月）

榆树寄语

何谓桑榆晚？问之难出言。
根深黑土沃，叶茂绿枝繁。
不恋花经眼，但知身润泉。
壮心犹未老，时日正中天。

（2005年9月）

秋日观松

秋色不寒松，清姿有傲衷。
聊将枝叶碧，相与晚霞红。
宁可披霜月，无须诉苦衷。
纵然风雨急，犹自立苍穹。

（2005年9月）

故乡旅怀

故乡风日好，霜叶靓枝头。
鸟噪乡村暮，蝉鸣山野秋。
追踪黄石港，把酒散花洲。
但愿大江上，莫将愁水流。

（2005年10月）

浦东小南国酒店

客来南国小，但有古香真。
流水星光舞，欢歌笑语亲。
石桥迎旧雨，草木发新根。
犹自燃灯火，迎来丹桂馨。

（2005年10月）

日本即事

多彩缤纷叶，秋山格外明。
白云生暮雨，碧水照晨星。
回首思千里，骋怀追五行。
往来沧海上，骇浪寄叮咛。

（2005年10月）

日本爱努族博物馆[①]

早出一时昕，清晨半路阴。
寒风染霜叶，暖意入泉心。
茅屋纹身趣，木舟虾网辛。
涛声问来客，谁解异乡人？

（2005年10月）

【注】

① 爱努族：系日本民族，它与大和民族曾是日本的两大民族。

日本洞爷湖

霁色柳烟澄，湖光似有灵。
繁枝浮白雪，薄暮亮红英。
高岭银光俏，甘泉玉韵清。
归途又灯火，放眼夜天明。

（2005年10月）

韩国釜山海边

身居异乡地，漫步海天暝。
小径喧哗远，大楼灯火明。
心潮催浪涌，足迹踏沙行。
犹借一壶酒，点燃千里情。

（2005年11月）

韩国临津阁

临津涵血泪，日日泣分离。
野水常翻浪，断桥犹蚀基。
残垣系南北，缺月照东西。
但愿莲花净，莫教藏诈机。

（2005年11月）

夜宿衡山

盘旋坡路陡，行色一时殊。
雨霁寒风峭，林深霜叶舒。
相邀九霄月，寻觅五车书。
追梦登南岳，空山问有无。

（2005年11月）

郴州苏仙岭

午上苏仙岭，山昏树色暝。
风来云化雨，雾散佛催晴。
三绝书豪气，孤鹏鸣激情[①]。
殿堂香火旺，放眼骤然明。

（2005年11月）

【注】

① 三绝句：苏仙岭上有“三绝碑”，即秦少游的词、苏东坡的跋语、米襄阳的书法。“孤鹏”句：苏仙观内有“屈将室”，1938年春，因西安事变，爱国将军张学良被蒋介石囚禁于苏仙观，发出了“恨天低，大鹏有翅愁难展”的感慨。

秋意

云烟水墨姿，华发岁寒知。
风动荆江月，霜侵楚岭枝。
玉兰肥绿叶，银杏剪黄丝。
胜似惊人句，犹如动地诗。

（2005年11月）

周庄古镇

江南古镇游，岁月写春秋。
水榭迎霞早，琴房鸣月幽。
船行豪宅院，镇聚富商楼。
回首沉浮事，谁知乐与忧？

（2006年2月）

春雪

雪霁一天晴，银装别样明。
冰雕千树景，玉照百年情。
南国催青帝，东风唤赤樱。
望中春意早，荆楚凤凰鸣。

（2006年2月）

山村见闻

山村飞鸟噪，竟日任西东。
路曲迷晨雾，溪长引夜风。
名花难自在，乱絮不由衷。
唯有灵泉水，往来无影踪。

（2006年3月）

春游有思

东湖柳色新，黄鹤白云亲。
极目千山翠，迎风万里春。
畅吟留岁月，苦读长精神。
俯仰成今古，不堪虚度人。

（2006年3月）

夜宿武当山

漫步逍遥谷，望中山黛暝。
夜来风雨细，日霁涧流清。
曲径明新曙，群峰亮嫩晴。
犹闻鸦有悟，自是不争鸣。

（2006年4月）

漫步江畔

难得留春驻，莺鸣一径莎。
晴光侵绿岸，花影动红波。
水阔凭鱼跃，风清信手搓。
抬头问前路，岁月莫蹉跎。

（2006年4月）

空中寄怀

跨越大西洋，空中午梦长。
畅游浮汉水，举步走清江。
有感犹敲句，无忧不感伤。
醒来观大海，俯仰对沧浪。

（2006年5月）

巴西伊瓜苏瀑布

未入深林口，先闻瀑布声。
飞流腾浩气，宠狸动柔情。
狂矣朝天啸，壮哉邀客行。
流连不思返，但愿改归程。

（2006年5月）

浠水三角山

暮色雨蒙蒙，往来思不穷。
凉风三伏爽，霁月一山空。
惬意消残酒，明眸望劲松。
棋盘石沾露，对弈唤壶公。

（2006年7月）

黄山迎客松

黄山迎客松，灵气入心中。
赤手裁神石，碧颜羞画工。
天都茶半碗，莲蕊酒千盅。
日月牵今古，关情枝叶葱。

（2006年7月）

雨后即事

暑天初雨后，山野晚来凉。
古木腰身挺，新禾根脉长。
青莲明浅渚，红叶靓香樟。
随处风吹爽，闲情赋霁光。

（2006年7月）

秋日旅思二首

（一）

缺月莲塘浅，时光动玉梭。
落红垂涕泪，流碧逝烟波。
朝露芳香少，夕阳寒气多。
秋声休及远，老马叹蹉跎。

（二）

旧雨煮新茶，镜中双鬓华。
堂前盈紫气，笔下咏黄花。
犹自朝披曙，行将暮奏笳。
相逢好风日，把酒夕阳斜。

（2006年9月）

告别芬兰

大海寒蓝靛，高天冻翠微。
西风黄叶落，北极紫光飞。
但愿分清浊，何须弄是非。
惊涛摇客梦，明月叩心扉。

（2006年11月）

乘海轮赴斯德哥尔摩

楼船灯火亮，胜似画中行。
三岛寒枝翠，千村古色明。
惊涛月迷雾，飞雪鸟呼晴。
犹见一城柳，霜风不落青。

（2006年11月）

踏秋即事

漫天枝色美，何必妄悲秋。
暮鼓留山色，夕阳烹海流。
莫言芳草老，但有柳丝柔。
青眼追千里，任凭尘世悠。

（2006年11月）

美人蕉

秋色美人蕉，悠然不折腰。
莫嫌身矮小，但使气妖娆。
无意冰霜注，等闲风雨摇。
绿肥红似火，独自乐逍遥。

（2006年11月）

丹江大坝

丹江明玉鉴，天地涌春潮。
大坝尤亲水，高山尽折腰。
塔楼怜古月，灯火上新桥。
把酒临风啸，天骄人不骄。

（2007年元月）

山乡见闻

律回春满庭，万木一阳生。
历历轻枝舞，萧萧短笛鸣。
新林飞鸟噪，古道踏歌行。
落叶肥根底，高低一样情。

（2007年2月）

故里寄怀

回归故里身，自在品清醇。
宁做闲吟客，不追贪禄人。
林中三径好，枝上四时新。
岁月难斟酌，寻常韵味真。

（2007年2月）

雪夜会故人

朔风飞紫气，梁苑咏银妆。
花洁松针壮，雪深梅梦香。
饮茶烹皓月，面镜笑清霜。
旧雨来寒夜，围炉共举觞。

（2007年3月）

竹山堵河

晓曙河边早，客来归去迟。
远山红一片，近岸绿千枝。
迈步荒芜茂，迎眸卵石奇。
不堪流水断，举止上天知。

（2007年4月）

陪游武当山

雨霁群峰秀，飞鸦迎故人。
三清千业治，四御五湖尊。
金顶灵光远，南岩教化频。
问询尘世事，何许有精神？

（2007年4月）

从兴山至夷陵

绿肥初夏爽，远客品新茶。
弯路云途倦，长天落日斜。
山高雄险峻，叶茂靓繁花。
随处闻啼鸟，归来有月华。

（2007年5月）

土耳其爱琴海滨

异乡为异客，幽境酿幽思。
海曙三更早，山风一日迟。
潮平蓝浸水，香淡绿盈枝。
闻得知音曲，往来心自驰？

（2007年5月）

明斯克旅怀

初夏明斯克，长风暖曙晖。
千湖枝影舞，一路菊芳飞。
郊野林犹密，山坡草正肥。
牛羊白云下，暮色不思归。

（2007年5月）

随行考察荆州四湖

举目问沧桑，四湖焉可荒？
曾经芳草秀，未料浊流狂。
候鸟难归泽，浮萍乱入塘。
亡羊何处去？但愿补牢忙。

（2007年7月）

通山隐水洞

千年隐水洞，一路故人情。
手捧晶莹叹，舟牵玉带行。
碧流滋韵致，白鹤啸风声。
造化思神斧，谁知岁月更？

（2007年8月）

山乡旅思

山乡岁月更，夜色雨初晴。
犬吠村居静，鸡眠客梦清。
寺钟犹破雾，牧笛又飞声。
借得莼鲈味，欲追张季鹰。

（2007年9月）

五峰柴埠溪

远追柴埠溪，风色试胭脂。
峡谷空灵境，悬崖俊逸姿。
行云生好雨，流水润芳枝。
争得清幽处，悠然觅小诗。

（2007年10月）

襄阳即事

归路晚霞稠，隆中拜武侯。
欲追新足迹，莫叹古津头。
纵使紫薇悴，犹争碧柳柔。
凝眸问襄水，何日达瀛洲？

（2007年11月）

秋怀

花谢水流中，悠然一笑翁。
红蕉吐霜艳，黄菊俏芳容。
点点残荷雨，丝丝落叶风。
惜秋争底事，草木竞轻松。

（2007年11月）

冬怀

一天生盛景，万物沐琼光。
白雪花经眼，红梅艳傲霜。
三千银界阔，十二玉楼香。
但愿梁园客，闲情次第长。

（2008年元月）

早春寄语

天地霁光新，琼光妙入神。
冰心融白雪，热血洒红尘。
浊酒常浇胆，清泉又洁身。
犹催舒柳眼，争得五湖春。

（2008年2月）

恩施乡村见闻

清江腾碧浪，草木谢东君。
土寨农家乐，古城山水春。
问牛谋大计，尚虎竞雄心。
吊角楼中酒，深明馔玉恩。

（2008年4月）

秋 野

残荷问夕阳，重九又何妨？
一野棉花白，千村稻谷黄。
未曾争色调，更不计行藏。
但愿采芳菊，东篱若故乡。

（2008年9月）

黄昏偶怀

秋光染鬓丝，啼鸟唤遐思。
漫步黄花苑，沉吟白发诗。
彩霞明玉宇，新月照金卮。
但愿留身影，犹如松竹姿。

（2008年10月）

澳洲逢圣诞二首

（一）

远客行千里，他乡观海澜。
惊涛生白雪，劲舞唱红颜。
尘洗平安夜，霞飞圣诞天。
洋洲过洋节，华发赋华年。

（二）

白鹭知时节，青天醉寂寥。
平安夜来雨，圣诞晓观潮。
海上闻三岛，樽前问九天。
谁知异乡客？万里梦魂遥。

（2008年12月）

澳大利亚牧羊犬

西洋问奇事，异类有知音。
眼下风情异，胸中感悟深。
他乡牧羊犬，别样动人身。
试比衣冠兽，从无龌龊心。

（2008年12月）

澳大利亚热带雨林

陟高旋又旋，铺翠与天连。
乐管鸣声响，标枪野味鲜。
驱蚊动枝叶，猎物点炊烟。
土著人居地，沧桑话变迁。

（2008年12月）

斐济旅怀

日行千万里，一路问人家。
山植忘忧草，海生含笑花。
珊瑚远惆怅，椰木少繁华。
最喜他乡客，悠然对晚霞。

（2008年12月）

广西山中行二首

（一）

碧水一溪清，蓝天百鸟鸣。
危峰午云淡，曲径晚霞明。
古木连奇石，新风舞老鹰。
相逢又相问，俚语话心声。

（二）

山姿不养尊，但愿有游人。
雨后飞流急，溪前滚石新。
一天笼暮色，千涧涌烟云。
举首邀明月，持觞洗客尘。

（2009年5月）

南宁荔园宾馆

果林枝叶秀，霁色荔园明。
孔雀开屏笑，天鹅踏浪行。
红莲耻污浊，翠竹舞风清。
胜似桃源里，犹思杜少陵。

（2009年5月）

大新德天瀑布

边关邀远客，胜景自扬名。
雨后青峰秀，山前碧水明。
悬河鸣地籁，飞鸟和天声。
犹似蟾宫里，凝眸对画屏。

（2009年5月）

乡村寄怀

连天闹梅雨，暑色一时凉。
杨柳生新绿，莲荷溢淡香。
水下鲢鱼跃，云中鸾凤翔。
谁知农事急，丰穗待骄阳？

（2009年6月）

宜昌天然塔

千年古塔悠，万里大江流。
遥望浪前浪，常思楼外楼。
青山鸣翠鸟，碧水竞兰舟。
神女惊殊变，玉盘明峡州。

（2009年7月）

大冶雷山

暑尽秋风爽，黄昏爱晚晴。
东篱菊花俏，南浦柳枝明。
水泽吟红藕，山坡品绿橙。
客来邀旧雨，把酒醉乡情。

（2009年9月）

大兴安岭二首

（一）

放眼雪无涯，霜天景色佳。
行车牵玉带，举目赏琼花。
林海炊烟少，边陲岁月遐。
难忘旧时事，梦里听胡笳。

（二）

漠河千里行，一路桦枝明。
犹见边关雪，催生远客情。
冻云寒旧岭，霜木暖新晴。
望处苍松劲，浑身不落青。

（2010年元月）

北国冰雪

暮天闻凤笛，独倚石栏桥。
雪里梅枝发，风前竹影摇。
苍松照霜月，兰草对寒霄。
玉洁冰清处，心花自不凋。

（2010年元月）

武当山寄思

浮云生幻影，何处有虚无？
问道往来客，凝眸太极图。
神鸦啼瑞雪，灵菊暖玄都。
思入穷通处，方知老子书。

（2010年10月）

钟祥采风

楚天梁苑客，赋雪莫愁湖。
胜地怀宋玉，良谋思凤雏。
但求薪火旺，莫道故人疏。
照眼梅花俏，霁光铺坦途。

（2011年元月）

长白山旅怀二首

(一)

恰似骑黄鹤，远游长白山。
情牵红果树，目极绿渊潭。
市上千般闹，林中一样喧。
何方是尘外？唯有问心间。

（二）

千古神奇地，胜名遐迩知。
登山卜云海，临水祭天池。
白发禅心定，青松佛愿痴。
悬河落秋韵，一卷自由诗。

（2011年9月）

法国香波堡和雪农索堡

远足卢瓦尔，思随河谷行。
平林知岁月，古堡历阴晴。
堪比红楼梦，犹如紫禁城。
东西帝王事，难脱世间情。

（2012年8月）

山乡旅怀

漫山风日清，嫩绿暮天晴。
难得东坡句，欲寻西子卿。
新枝待归鸟，老宅叩柴荆。
回首来时路，枯荣一样行。

（2013年3月）

临高步韵赠诗友二首

（一）

登顶复生顶，临高试比高。
尤须破安逸，莫道远喧嚣。
清韵常浇酒，衷心不落潮。
天涯放青眼，海角又腾蛟。

（二）

琼崖落飞雁，南海椰风高。
翠竹犹持节，清泉自避嚣。
有缘逢旧雨，无欲立新潮。
煮酒邀明月，涛声啸虎蛟。

（2014年11月）

沧源步韵赠诗友

古寨大风歌，佤人新梦多。
葫芦不流俗，源水又扬波。
翠竹连青眼，清心系碧萝。
神牛有灵性，俯仰看山河。

（2014年12月）

黄石散花洲

闲立散花洲，欲穷天尽头。
江流催岁月，津渡历春秋。
悟道聆庄子，思儒问孔丘。
莫将和氏泪，化作杞人忧。

（2015年5月）

科尔沁大青沟

走下大青沟，方知万绿稠。
长廊不争艳，古木自生幽。
泉水千般悟，冰天一样流。
可怜平地草，妄自闹枝头。

（2015年8月）

黄梅老祖寺

空山碧水流，古寺倚清幽。
钟磬常鸣晓，禅林不历秋。
金莲解三惑，银杏了千愁。
举目云舒卷，谁知天尽头？

（2015年10月）

江夏灵泉寺二首

（一）

欲知江夏水，幽处觅灵泉。
往昔荒郊地，而今闹市天。
风狂堪养性，雨急自凭栏。
闻得菩提树，原来在世间。

（二）

苍松翠柏间，大殿入云端。
林密行踪少，山深归鸟喧。
心中如有佛，身外自无烦。
半路闻僧语，一生追慧能。

（2016年3月）

武当山步韵赠诗友三首

（一）

问道武当山，可怜名利缠。
情牵黄叶地，目极碧云天。
但愿披星月，何须追柳绵。
老庄遗古训，同悟楚和燕。

（二）

武当天地牵，金顶入云端。
欲问兴亡事，又登玄岳坛。
莫嫌宫观小，犹系锦袍宽。
回望炼丹火，光昭太极拳。

（三）

宫观通幽径，难为自在身。
三清天有子，六乐礼唯尊。
北阙诏书急，南岩草木深。
道袍多褶皱，何以拂凡尘？

（2016年9月）

七律

酷暑寄怀

莫夸三月阳春好，自可流连盛夏天。
百里清溪摇翠柳，一湖碧水照红莲。
乡村晓曙晨风爽，山野暝霞暮色鲜。
谁解农家不嫌暑？丰收热浪拍桑田。

（1973年8月）

暑期三峡观光

立秋时节夜风凉，西赴夷陵雅兴长。
峡拥晨曦传鸟语，波翻晓月闹书郎。
数峰无寐塔燃炬，诸壑有声风卷江。
待上楼船观日出，浪花似火照新航。

（1989年8月）

乡村风雨

暮天风色雨茫茫，环顾周遭烟缕长。
路上行人急熙攘，山中宿鸟乱慌张。
柴门长老凭灯望，湿地乡亲抢种忙。
更有妪翁盈泪眼，未知渔火在何方？

（1990年6月）

参观合肥大学

十年兴业起宏图，几度争先问凤雏。
旧册留踪千里马，新颜含笑五车书。
望中生愧羞南郭，心上思危赛的卢。
借得东风鸣号角，迎来春色换桃符。

（1990年9月）

登龙吟亭[①]

曙光倩影读书声，学子园丁扎大营。
燕舞莺歌千树翠，龙吟虎啸百家鸣。
杏坛阅世融融乐，槐市经年耿耿情。
更喜磁湖跃红鲤，登亭放眼碧波明。

（1991年11月）

【注】

① 龙吟亭：即武工黄石分院（现为湖北理工学院）于蓄水池上建造的景观。

回乡偶怀

当年下放学农耕，牛角挂书闻鸟声。
草草成家忙手艺，昏昏教子悔平生。
有心文苑千篇读，无意江湖万里行。
莫道罗含吞鸟梦，但追陶令寸心清。

（1992年10月）

夜 读

一把茶壶自暖身，夜阑开卷待新春。
追踪万里思垂钓，问道千秋耻拜尘。
举目忽惊天地白，开窗方得雪花银。
望中尤觉寒梅俏，缕缕幽香又醉人。

（1995年元月）

早上观光

不是秋风不送凉，暑光留驻暑天长。
青篁未许千山老，丹桂犹催百岁觞。
鱼跃荷塘频戏水，花沾衣袖久留芳。
晨钟又唤人离去，何日身闲有主张？

（1997年9月）

古寺观感

空山回荡木鱼声，古寺清幽和百灵。
白马传经经有意，青牛吐气气无形。
菩提茂盛根为本，蜡炬光明心至诚。
纵使湖塘流浊水，莲花不染对阴晴。

（1997年12月）

春雪感怀

乍暖才升青帝帐，还寒又戴白头纱。
疏梅冬尽枝簪玉，大地春初天散花。
故里故交言故事，新年新灶煮新茶。
兴来赋雪吟梁苑，犹自燃情分外佳。

（1998年2月）

丽江观光

古邑名城灯火红，商风人气两繁荣。
一泓泉水垂烟柳，万朵山茶秀玉峰。
得月楼前思得月，腾龙阁下问腾龙。
归来复读隆中对，三国旅游当竞雄。

（1999年8月）

云南考察归来

振翅银鹰千万里，穿云破雾问深谋。
玉龙起舞迎新客，洱海扬帆竞上游。
但叹隆中空照月，欲教汉水早飞舟。
卧薪尝胆思诸葛，何日攀高又一楼？

（1999年8月）

襄阳夫人城怀古

暮色苍茫古渡头，夫人城上忆春秋。
隆中三顾君臣杰，佛塔千年岁月悠。
汉水有情碑堕泪，岘山无语月含羞。
羊公处世堪为鉴，未敢忘怀问喘牛。

（1999年9月）

游古隆中

胜迹清幽小径迷，东风猎猎动旌旗。
滔滔晤对腾龙阁，汩汩流泉半月溪。
梁甫吟中休暮气，躬耕田里浴晨曦。
茅庐千古名三顾，忠孝难全节义齐。

（1999年9月）

襄阳即事

胜似诚惶又诚恐，心驰魏阙走襄阳。
泛舟汉水探深浅，漫步荆山辨短长。
大理沟边杨柳绿，护城河畔菊花黄。
不堪把酒吟华发，犹自殚心耻夜郎。

（2000年10月）

三访枣阳徐楼村

向来恩怨究缘由，三访乡村听诉求。
事简农安呼壮举，风清吏肃问良谋。
为官莫许墙头草，从政当为孺子牛。
自古人间有忧乐，尤须常读岳阳楼。

（2000年11月）

新年寄语

漫天飞雪腊梅香，铁骨冰姿淡淡妆。
羊祜有情千里寄，孔明无悔一生忙。
根连大地苍松壮，情系征程碧水长。
借得东风绿新岁，隆中山下百花香。

（2001年元月）

开封考察归来二首

（一）

借得宋风帷幄筹，古城新貌引明眸。
欲教造势扬名胜，犹念富民兴旅游。
仙乐声声茶道醉，神刀幕幕杞人忧。
梦中汴水连襄水，万里征帆催我舟。

（二）

上河图上泊千舟，一派商机纳五洲。
往昔铜钟堪逊色，而今铁塔竞风流。
挥毫作画宏图起，对酒当歌壮志酬。
捷径终南君莫取，隆中山下问良谋。

（2001年5月）

鲁山石人山

石月山花座上宾，灵泉流入半仙村。
梦中蝴蝶飞长岭，户外雄鸡唱茂林。
晓镜方知玄鬓瘦，暮峰尤觉白云深。
竹林煮酒邀明月，绿草苍松不自矜。

（2001年5月）

蓟县盘山

三盘胜景雨中行，半入云空半入城。
碧石流蓝滋劲草，苍松滴翠向新朋。
千年古刹凝禅性，万里名山知太平。
放眼雄关思绪涌，一腔热血一腔情。

（2002年6月）

暑期冀鲁行

离京入冀赴山东，一路回眸岁月匆。
身葬西陵无白饭，血流东海有苍松。
泰山顶上瞻儒祖，天尽头边问太空。
犹自浑身腾热气，壮怀万里驾征鸿。

（2002年7月）

威海天尽头

一望无涯水接天，茫茫大海碧波欢。
疏狂逸客千杯酒，呼啸长风百尺帆。
翡翠楼台连万顷，玻璃世界问三山。
蓬莱此去多歧路，明月何时照我还？

（2002年7月）

随访西藏山南

谨以小诗献给对口支援西藏山南地区的全体湖北干部和教师！

仁风千里藏民夸，湖北山南胜一家。
百世油茶连楚汉，万杯青酒话桑麻。
昌珠寺里追人杰，索卡村前感物华。
虫草雪莲生沃土，白云黄鹤寄新葩。

（2002年8月）

滞留拉萨贡嘎机场

天留楚客久相持，十二琼楼似有知。
万里归程云叠叠，千杯祝酒日迟迟。
高原山色晴观雨，雪域风声夜听枝。
梦得布帆无恙色，有缘修炼正逢时。

（2002年8月）

日本旅怀

白霜又冷樱花树，红叶犹牵两地山。
沧海无边存史册，黑云有故起波澜。
当闻虎啸生忧虑，莫醉莺歌戒妄谈。
借得东风催骏马，雄关漫道卷浮岚。

（2002年10月）

落木观感

根植深山耻妒妍，甘心寂寞对云端。
冬时叶落心难冷，夏日枝繁志未迁。
农舍裁成青瓦桷，华堂选就赤栏杆。
天生一物凭缘用，入世立身天地间。

（2003年3月）

下乡观感

万户千村问民瘼，打工闹市走天涯。
寒衣露宿愁烟雨，陋食风餐叹物华。
拖欠薪酬人讨债，催交学费子还家。
而今革故安天下，一缕新风百姓夸。

（2003年元月）

神农架

夏去秋来春一样，神农胜景入宫商。
无边云海冷杉俊，有势潭风瀑布长。
薄雾笼峰峰献媚，清溪戏水水流香。
梦中鸡犬闻千里，远客他乡思故乡。

（2003年8月）

竹山竹溪行

千古堵河今日行，问天问地问民生。
香茶六口逢知己，美酒千杯醉客卿。
一路澄清呼美景，三阶平正显真情。
白云深处山溪水，放出涛声自远迎。

（2003年8月）

襄阳寄思

一时杨柳舞婆娑，烟雨茫茫又几何。
真武山头问传道，夫人城里忆抛梭。
耳闻广德寺中语，泪洒羊公碑下莎。
世事如棋无旧局，但教放眼汉江波。

（2003年9月）

游子吟

回首往时灯结花，骋怀游子又闻鸦。
苍山落叶枫林倦，碧海惊涛鸥鹭嗟。
旅梦年年披雨雪，乡愁日日忆桑麻。
半壶浊酒浇肝胆，借得西窗遥望家。

（2003年10月）

重阳赏菊

独赏黄花不觉愁，悠然送目对金秋。
陶潜爱菊千杯酒，张翰思鱼一叶舟。
曲槛疏篱新意远，轻烟细雨旧情稠。
欲寻枫落吴江句，寄与白云黄鹤楼。

（2003年10月）

漫步汉口江滩

放眼龟蛇大雁鸣，畅吟太白梦长庚。
人生百味思红藕，世事千般问紫荆。
情系黄昏夕阳好，胸怀苍劲玉盘明。
忽闻黄鹤楼中笛，试比波峰波谷声。

（2003年10月）

英山行

喜见檐间滴雨残，霁光随我赴英山。
初黄树叶知寒暖，常绿茶园富蕴涵。
侃侃交谈问前路，深深盘算戒空谈。
毕昇智慧通今古，万里霜天只等闲。

（2003年11月）

咏秋

太极两仪生四象，又兴八卦算春秋。
黄花未许时光老，红叶犹增岁月稠。
留住斜阳归故里，引来明月上层楼。
更斟北斗追霄汉，华发难忘天下忧。

（2003年11月）

平安夜与友人同酌

圣诞树生天地间，平安夜里话平安。
轻霜佳节花难发，美景故人情正酣。
一桌山珍入肠肚，千杯京酒醉琴弦。
欲牵明月归桑梓，但愿晴光照我还。

（2003年12月）

孝感观音湖

远离闹市大杯干，老酒燃情入笔端。
头上飞云一时静，眼前索句半天闲。
夕阳点火波光暖，霜月理妆枫叶妍。
疑似观音暗传语，心中有佛自生禅。

（2003年12月）

夜游汉口江滩

火树燃情仗运筹，夜闻鼓乐泛轻舟。
津头醇酒邀明月，堤上灯光荡急流。
举步新滩问江汉，回眸往事话扬州。
烟花三月将回返，试问谁辞黄鹤楼？

（2004年2月）

汉口吉庆街

吉庆街头不夜天，艺人食客闹空前。
管弦轻奏民间乐，画笔浓描桌上仙。
有月穿窗数杯盏，无心索句叹诗禅。
樽前不觉霜风冷，半醉清狂半醒欢。

（2004年2月）

东坡赤壁

骇浪无情拼小舟，但挥椽笔写春秋。
一词激荡生豪气，两赋流传截暗流。
明月溶溶瞻北斗，夕阳脉脉上西楼。
时人谁解东坡句？苏子忧民不自忧。

（2004年3月）

初夏寄怀

初夏风光一派新，绿肥红瘦几分神。
书斋寂寞修灵性，学海深长洗客尘。
浓淡清茶犹照月，是非浊酒不交心。
莫言迷雾生迷惘，但有青眸破乱云。

（2004年5月）

从响沙湾到昭君墓

响沙湾里踏沙声，九曲黄河大漠行。
楚客寄怀边塞曲，蒙乡极目草原鹰。
月笼青冢埋忠骨，思入紫霄连绮棂。
谁说红颜无智勇？一人胜过万千兵。

（2004年8月）

中秋感事

水光山色一天明，借问焉知蝶梦清？
槐市如潮千浪涌，杏坛似锦万年青。
苍梧密密遮晨雾，丹桂枝枝爱晚晴。
更有秋霜磨翰墨，锦囊诗草若繁星。

（2004年9月）

通山凤池山

凤池山上多传说，凤去池空水自流。
乱冢荒坟埋朽骨，香台明镜照离愁。
红颜自古多消瘦，白发向来难处优。
但愿世间风雨路，莫教相望断桥头。

（2004年9月）

赏菊偶怀

望中芳菊沐清晖，妆点秋光恋翠微。
待到凋零无叹息，迎来烂漫不争魁。
一生青女霜前月，千载白衣怀里杯。
莫问陶潜何处去，东篱景色唤人归。

（2004年10月）

武昌宝通禅寺

一尘不染一方清，古木悠然景色明。
闹市净空修竹壮，空门宝殿木鱼鸣。
塔前黄菊有禅韵，寺内青莲无俗情。
欲觅菩提何处去？三千银界梦中行。

（2004年10月）

襄阳滨江大道

汉江千里照长空，多彩层林收眼中。
时去无缘闻雪唱，客来有约咏霜风。
诗文能减百年老，肝火常催两鬓蓬。
日暮津头幽静处，浪花又发晚霞红。

（2004年11月）

鄂州西山二首

（一）

凝眸古刹绕幽丛，翠竹虚怀向碧空。
山鸟如鹰击山雨，江帆若帜鼓江风。
渔翁唱晚歌三叠，诗客披星醉一盅。
酣卧梦中寻桂子，半仙半俗入蟾宫。

（二）

登高驻足望江流，问取沉舟岁月稠。
黄叶秋风千树瘦，红梅冬雪百花羞。
重来古刹争清净，归去旧袍消妄求。
暮鼓何须比声响，夕阳无欲照西楼。

（2004年11月）

从云川到悉尼

浩瀚苍穹展翅飞，暮辞灯火晓争晖。
九天披月吴刚酒，四海降龙妈祖碑。
荆楚今宵思万里，悉尼明日察双眉。
梦中犹见家乡水，美味鲈鱼待客归。

（2005年7月）

随访博尔塔拉蒙古自治州

马上观光景如画，白云底下万千家。
牛羊自识人间味，草木犹披雪域花。
朝沐彩霞横牧笛，暮邀明月奏边笳。
无须折柳依依别，蒙古包中煮奶茶。

（2005年9月）

喀纳斯湖观鱼亭

九月晴空骤飞雪，群峰争白竞妖娆。
苍山华叶人回首，碧水彩虹天落桥。
百径逶迤通列岫，一亭绝顶接云涛。
雾中观景千重障，老马识途闲趣高。

（2005年9月）

新疆天池

天山何日筑天池？明镜轻摇冰雪姿。
眼下龙潭不知冷，心中羊酪自寻思。
千泉流水舒筋脉，万木传神寄卜辞。
畅饮澄鲜问来客，个中真谛有谁知？

（2005年9月）

秋游

闲日秋游马脱缰，依稀柔叶诉柔肠。
飘红一片随流水，落木千枝照夕阳。
艳淡情浓酬淡月，风清意切送清香。
登高放眼凭栏处，犹见归帆万里航。

（2005年10月）

日本旅怀

秋风习习下东洋，黄叶纷纷一地凉。
往事如烟不堪取，新云似火又何妨。
小泉汇入荒川水，大海联通扬子江。
但愿绸缪于未雨，韬光养晦对沧浪。

（2005年10月）

日本小樽市

一头华发一山公，借得秋风做染工。
万木有根心未老，千杯无语意犹浓。
乡音默默吟新月，汽笛声声响古钟。
何故更深人不寐？近忧远虑自难穷。

（2005年10月）

韩国八角亭

华灯如昼暮登亭，览物兴怀月下行。
银杏千年知国是，金樽四处察民情。
钟楼有响纤绳舞，鼓阁无声众怒平。
宓子弹琴闻善政，他乡读史忆长城。

（2005年11月）

韩国太宗台

太宗台上问垂裳，取石他乡寄故乡。
千古寒梅常耐冻，万年劲草不争芳。
莫言昔日危樯短，但见今朝奔浪长。
更有晨曦燃大海，浪花似火寄芬芳。

（2005年11月）

韩国新万金工程

新地新天新万金，改山改水改乾坤。
敢谋世上千秋业，不愧人间百岁身。
大海有潮犹可立，小虫无计却难擒。
归来一日常三省，借得韩风自洗尘。

（2005年11月）

韩国佛国寺

玉泉红叶日氤氲，惊叹秋山犹似春。
异国禅林衣钵远，大雄宝殿佛缘深。
僧行万里常披雨，杯渡千年不拜尘。
但愿灵眸透迷雾，手牵白马自清心。

（2005年11月）

出席韩国“湖北省友好周文艺晚会”

楚风汉水涌波澜，梆鼓扬声奏凯还。
万象更新催劲舞，千杯怀旧弄柔弦。
巴山一曲龙船调，道教三清太极圆。
赢得商机秋不老，白云黄鹤共长天。

（2005年11月）

出席韩国釜山“湖北省旅游产品说明会”

他乡楚客又招商，红杏枝枝竞出墙。
黄鹤楼头飞玉笛，武当山顶闪金光。
古隆中里话三国，明显陵前拜一皇。
犹有平湖照高峡，神农传语野迷长。

（2005年11月）

回老家过年二首

（一）

元日融融故里亲，柴门爆竹送芳馨。
金鸡一曲催金翅，旺犬三声报旺春。
竹叶倾觞飞壮语，梅花妆额闹童身。
吴风楚俗龙狮舞，极目登高气象新。

（二）

旺犬迎春瑞雪飘，银装素裹竞妖娆。
隆隆爆竹光阴急，朗朗书声思绪遥。
网络时时传短信，视屏处处闹良宵。
但逢佳节思亲切，孟笋难生又寂寥。

（2006年元月）

春日访友

风消积雪别春寒，遍地黄花第一观。
万象犹随新曲舞，千杯聊为旧情干。
水中物影催遐想，灯下书声尽雅欢。
莫道韶光留不住，但裁胜景任流连。

（2006年3月）

油菜花

遍野金黄葱绿身，不争高矮不争春。
饱经寒雨犹增色，畅浴新风自洗尘。
但叹行吟障青眼，可怜过客愧丹心。
古今多少凌云笔，谁识粗茶淡饭珍？

（2006年4月）

深山行

霁色晴光断雨丝，山中景致画中姿。
清溪浅底石冲浪，残酒深情兴入诗。
涧下烟云生野趣，眼前风韵寄芳枝。
一丘一壑无惆怅，世外超然独自知。

（2006年5月）

里约热内卢海滩午餐

秋风不减绿红欢，恰似春光岁未寒。
千树山花千树翠，一湾海水一湾蓝。
精工烤肉酬精粹，美酒观潮佐美餐。
但是他乡难醉客，举头东望欲回还。

（2006年5月）

随访巴西南大河州

跨越东西访友城，他乡犹似故人情。
往来牵手无拘谨，内外通商有信诚。
问道天公言物宝，动情风色寄心声。
初逢不觉时空远，难得兼程作客卿。

（2006年5月）

马尔代夫旅怀

夜阑风雨打枝杈，早起门前一地花。
芳径通幽叶添翠，惊涛拍岸浪淘沙。
半壶玉液时光短，三岛银滩岁月遐。
梦驾太平洋上雾，白云黄鹤唤归家。

（2006年5月）

恩施土司城

九进城楼往事遥，暑天不觉火云骄。
青山草木丰姿秀，白虎图腾旷世豪。
随处欢歌依古调，经时明月照新桥。
比兹卡里思今昔[①]，挺起土家儿女腰。

（2006年6月）

【注】

① 比兹卡：是土家族语中本地人的意思，即指土家族。

随行考察恩施大峡谷

朝霞引领别施州，大峡谷争明日谋。
寄语清江思九曲，凝眸危柱历千秋。
欲辞背篓疗伤骨，犹唤行舟入坦途。
莫道穷乡无富路，龙门绝壁竞风流。

（2006年6月）

黄梅挪步园

挪步园中挪步情，布鞋筇杖一身轻。
夕阳脉脉千峰秀，朝露涓涓万木青。
明月玲珑横竹笛，彩霞烂熳放风筝。
远离闹市无惆怅，白社幽闲有净宁。

（2006年7月）

安徽行

千里风光半日程，绿肥红艳画中行。
泛舟胜境新安水，把酒仁风老歙情。
自古徽商谋睿智，向来皖地出精英。
凭栏送目黄山下，遍地华灯永夜明。

（2006年7月）

登黄山

黄山雾里问奇松，戴月迎风立险峰。
梦笔生花不须墨，宣鹅飞岭但凌穹。
莲花石径通霄汉，始信云涛接太空。
借得玉屏观景象，方知何谓蹈高闳。

（2006年7月）

巴山旅怀

几道盘旋几道弯，一山放出一山拦。
千年古木连苍岭，万涧澄流汇碧潭。
云涌晴空烟蹙渺，风吹雾霭峻峰欢。
犹将把酒邀明月，莫道时光又老颜。

（2006年8月）

出席中国驻俄使馆午宴

红旗招展闪金光，日照中天似故乡。
紫气祥和聆国是，暖风愉悦话民强。
茅台美酒催颜醉，电视新闻飘桂香。
畅道龟蛇运时势，商途万里楚风长。

（2006年10月）

莫斯科名人雕塑园

走进闻名雕塑园，原来却是问长眠。
墓前落叶空枝瘦，碑上勒铭芳叶繁。
明辨是非须正本，点评人物莫求全。
翻开史册催回首，但愿九泉皆恍然。

（2006年10月）

俄罗斯旅怀

夏宫明月照冬宫，往事如烟梦幻中。
涅瓦河边寒气盛，巡洋舰上炮声穷。
曾经一港争沧海，又有双鹰啸碧空。
时势无情逝流水，白驹过隙自从容。

（2006年10月）

武汉洪山广场菊展

金粟纷繁姿万千，芳香馥郁润心田。
龙腾四海花如海，凤舞九天云似天。
竹舍板桥连闹市，柳溪松石涌清泉。
欲呼玉液浇霜菊，点火夕阳花欲燃。

（2006年10月）

重阳寄语

欲借茱萸袪邪气，等闲残月对长庚。
任凭空阔浮云变，但愿天高归雁鸣。
逆水行舟当奋桨，顺风把舵忌忘形。
犹将落帽盛霜菊，挥洒芬芳长短亭。

（2006年10月）

深秋寄怀

烟雨茫茫朝又暮，秋风猎猎漫天吹。
狂吟红叶诗千首，啸傲黄花酒一杯。
老骥犹须松勒走，苍鹰何许带愁飞。
剪除白发三千丈，赚得清心照夕晖。

（2006年11月）

三峡观光

不观三峡难知水，借得车轮胜马驰。
山倚彩霞峰俊秀，江临绝壁石危奇。
一湖电力千秋业，两岸猿声百世诗。
太白归来若长啸，自将新韵赋新姿。

（2006年11月）

霜天偶怀

一树梅花百姓家，聊将诗酒趁年华。
干荷无虑披风雨，残菊有情簪雪花。
白发霜天竞吟草，丹心寒月自烹茶。
神奇太极谁知妙？但悟阴阳沐晚霞。

（2006年12月）

冬日述怀

苍松瑞雪乐融融，霁色黄昏有彩虹。
冬木凝霜生素面，腊梅垂露对寒风。
莫愁双鬓常增白，但慰千杯自借红。
天地无尘连一体，世间何态是龙钟？

（2006年12月）

踏雪二首

（一）

天时人意两相依，沃雪如花瑞气飞。
岸柳银装摇倩影，腊梅玉佩照清辉。
冰心格物童心动，兴致冲寒雅致归。
霁色澄鲜千万里，一轮明月夜光杯。

（二）

岁暮阴阳生胜景，寒梅饮雪醉斜阳。
有情落木根弥壮，无怨飞花韵更长。
莫吝芬芳叹凋谢，但穿烟景问迷茫。
冰清霜洁新天地，翘楚临风沐玉光。

（2007年元月）

落梅观感

老来心事有谁知？唯念落梅飘逸姿。
情似诗词依古韵，梦如桃李闹新枝。
罗浮洞里斟佳酿，庾信门前遇故知。
一朵孤芳亮明目，红泥沃土胜胭脂。

（2007年2月）

陪同参观“小平小道”步韵寄怀

蜿蜒曲折路基坚，岁月悠悠赣水寒。
忧国忧民忧往事，问天问地问流年。
曾经赤胆排千障，正待丹心动九寰。
小道沉沉通大道，望中春色又回还。

（2007年4月）

深山一木红

四月深山一木红，悠然怒放韵无穷。
等闲僻静连荒岭，不吝疏狂唤彩虹。
常伴修篁邀远笛，总留荆棘织幽丛。
可怜闹市争妍树，犹自难能凌颢穹。

（2007年4月）

从房县到神农架

弯道又弯山道长，层峦叠嶂沐晴光。
野人谷里常迎客，漫水桥头犹采桑。
望远欲求千里目，登高自醉百年香。
问牛随处仁风动，草木春深笑老乡。

（2007年4月）

神农架大九湖

大九湖中不见湖，高枝矮草两相濡。
低微黄菊花犹俏，浪漫红霞彩更殊。
千孔腾欢山上会，一河惆怅洞中途。
碑沉汉水思今古，流响传声问有无。

（2007年5月）

竹山竹溪行

清溪九曲抱山流，长惦蓬莱天尽头。
冰雪一冬遗宿怨，浪花三夏淌幽愁。
有情石枕常含泪，无奈波涛不泛舟。
借问谁知眼前水？不争闹市度春秋。

（2007年5月）

神农架

杜鹃鲜艳为谁开？梦里野人今又来。
坐倚花枝云落彩，卧凭草甸地忘怀。
神农顶上神农语，板壁岩前板壁猜。
千古奇迷千古憾，帝魂萦绕祭天台。

（2007年5月）

土耳其棉花堡古城遗址

酷似棉花一堆雪，经年不改白云姿。
古城断壁千秋杳，乱石残颜万里思。
唯有顺时方得势，莫教背道妄舒眉。
世间多少兴亡事，借得流光冷眼窥。

（2007年5月）

夏日旅怀

午时溽暑一湖清，莲子无声胜有声。
野旷田禾淡香远，天高杨柳霁风轻。
梦回梅岭雪增色，魂断荷池雨放晴。
难得眉头皱纹少，但言流水可西行。

（2007年7月）

都江堰

洪波济世佑吾曹，秦堰楼前雪浪高。
碧树重重迷野径，翠峦叠叠拥江涛。
安澜桥上千思涌，分水矶头万石号。
巧凿离堆惊日月，二王庙里拜双骄。

（2007年7月）

端午节参观杜甫草堂

入川思楚对层霄，诗圣辞宗百世标。
杜甫草堂吟客至，屈原故里读离骚。
语惊天地凌云志，心动人间破屋茅。
仰止高山问今古，龙文虎脊共挥刀。

（2007年7月）

京城紫竹院

紫竹清姿放眼观，一园葱郁客心欢。
月笼水榭横疏影，灯照风亭靓玉颜。
莫叹无缘裁凤笛，但言有幸作渔竿。
节奇腰直经寒暑，犹自悠然对九天。

（2007年7月）

岘山即事

岘山草木不摧眉，千古常怀堕泪碑。
红藕经寒知岁月，紫薇历暑吐芳菲。
莫争今后无穷事，但尽当前有限杯。
世上老从头上至，哪堪归雁带愁飞。

（2007年8月）

通山九宫山

九宫山上雨茫茫，凭吊挥刀李闯王。
越岭青松吴楚地，经年碧涧宋元乡。
神牛望月知今古，仙鹤衔书识短长。
犹有飞流响天籁，引来明镜照苍黄。

（2007年8月）

鄂州西山怀古

独立烟峦放眼量，大江东去逝侯王。
孙权运势谋吴土，刘备招亲过蜀乡。
仗义情真怀子敬，尽忠胆壮话云长。
壮哉俯仰成今古，一叶秋声问八方。

（2007年8月）

秋日旅怀

秋光未必逊春光，垂钓烟波咏曲江。
十里清风壮莲藕，一帘疏影入禅房。
白云红叶阳乌暖，绿橘黄橙玉镜香。
张翰莼鲈思故里，陶潜松菊耐寒霜。

（2007年9月）

鄂州梦天湖

梦天湖上梦天游，遥忆童年作钓钩。
红藕凝思长岭月，白头感悟散花洲。
寒林落叶铺三径，霜菊飘香醉一秋。
借问茫茫梁子水，人生几度击中流？

（2007年10月）

夜宿山庄

一山红叶一山晴，十里黄花十里明。
遍地鸟声迎远客，漫天月色弄柔情。
时光荏苒眉头皱，樽俎疏狂脸晕酲。
借问谁人不知倦？北窗高卧夜云轻。

（2007年10月）

赏 桂

天香落子广寒宫，引得古今依恋浓。
双手拨云明玉镜，一窗摇影馥金风。
思秋犹觉芳枝晚，问道方知幽径通。
把酒长亭短亭上，莫言倦客酌新丰。

（2007年10月）

秋兴三首

（一）

烟波垂钓似蓬莱，枫落吴江兴自来。
索句临风天罢雨，持觞对月露侵怀。
诗禅藻鉴清心在，酒圣琴床醉眼开。
莫怨人生无再少，公平惟有此安排。

（二）

何用骑驴韵味浓，东篱采菊醉颜红。
风生碧水摇明月，雨霁黄昏落彩虹。
凝目荷塘咏疏影，放歌阡陌读中庸。
欲追亮节裁修竹，争得虚怀向远空。

（三）

落木秋声不是嗟，甘为薪火煮清茶。
篱边香软疏疏雨，山上寒轻淡淡霞。
数点黄花留客醉，一群白鹭舞风斜。
老来争得诗人味，暮色吟怀雨后佳。

（2007年11月）

踏雪感怀

一树银装一树狂，寒风劲舞不须妆。
空中白雪娟娟影，月下红梅淡淡香。
无欲冰枝争曲直，有情霜叶任行藏。
三千世界三冬味，老逋孤山话短长。

（2008年元月）

茶花观感

一朵茶花引出诗，根深叶茂岁寒知。
风吹阴雨伤红艳，雪拥晴光照碧枝。
珠泪娟娟垂宿愿，冰心切切动幽思。
凭栏极目三千里，莫问归期早与迟。

（2008年2月）

立春即事

律回春早万枝欢，啼鸟争鸣入耳恬。
北斗斟茶烹白雪，东君拾翠送青山。
两仪有道休三惑，四象无言易九寰。
唤起和风千万里，云天澄澈尽开颜。

（2008年2月）

玉 兰

一花独放早春时，遥望犹如冰雪姿。
艳胜唐昌容俊秀，神疑汉女目清漪。
参差飞玉肥缁土，烂漫飘香引碧枝。
借问清芳谁识得？难吟灵性寄情思。

（2008年3月）

雨中海棠

满园馥郁欲争持，寄语樽前落泪枝。
艳丽何愁风带雨，妖娆自必色添姿。
莫教漫舞红尘曲，但愿欣题白雪诗。
更洒芬芳霁光下，星空辽阔梦魂知。

（2008年3月）

恩施灾区行

曾经暴雪闹灾情，甚是萦怀访古城。
白虎劳心村寨冷，玉龙留影世人惊。
欲知林海万枝折，须作云山千里行。
但愿天公知我意，叫停今日霹雷声。

（2008年4月）

武汉百步亭社区

闹市层楼鼓瑟鸣，旌旗漫卷请长缨。
天蓝水碧千秋业，柳绿莲红百步亭。
俚俗亲情兴善举，仁风和气引新莺。
琴棋书画万家乐，夜不闭门圆月明。

（2008年6月）

秋景偶怀

莲根似玉卧斜阳，枫叶如花靓晚妆。
无欲持觞斟浩气，虚怀采菊品馨香。
清心贪得书中味，豪气迎来月下霜。
忍把琳琅身外物，尽将换得鬓眉苍。

（2008年10月）

悉尼邦迪海滩

异乡风色动衣襟，雪浪银滩催客吟。
碧水蓝天飞白鹭，灰砖红瓦映青林。
攀崖遥望危樯小，振臂高呼大海深。
回首烟波多少事，东西有别到如今。

（2008年12月）

凭祥友谊关

千里迢迢早慕名，界碑无语寄叮咛。
莫言古木曾忧雨，但喜新天又放晴。
友谊关前话情谊，南宁境外享安宁。
弟兄休话阋墙事，但愿同舟济太平。

（2009年3月）

北海疍家

阳春三月走天涯，远客旅怀追疍家。
历历云帆搏风浪，茫茫沧海打鱼虾。
千年古木榕枝茂，一岛新颜岁月遐。
更喜今宵灯火亮，莺歌燕舞颂年华。

（2009年3月）

桂林芦笛岩

沐雨迎风岁月侵，桃花江畔水龙吟。
天生芦笛神工巧，人道灵岩佛性深。
洞外云山招过客，宫中风物盼知音。
有缘相聚禅林里，但愿菩提可鉴心。

（2009年3月）

太原晋词四首

（一）

一抹流霞染晋词，石阶草径若凝胭。
金人台上思金阙，圣母殿中瞻圣姿。
待凤轩前紫霄梦，会仙桥下碧流知。
举头悬瓮苍松劲，自是邑姜甘露滋。

（二）

远客并州秋日行，漫寻胜迹一祠名。
青山绿水虽无语，旧雨新风却有情。
润地清泉曾饮马，照天明媚又飞鹰。
凝眸周柏思今古，岁月犹传黎庶声。

（三）

高碑肃立诵来人，往事如烟应拂尘。
岁月无痕犹逝水，世间有韵更传神。
五台不问周秦事，三晋能分汉魏春。
更喜千年老枝碧，清风送爽物华新。

（四）

瓮山苍翠倚晴空，日出东方晓曙红。
饮马灵泉络缨俊，降龙圣母梦魂通。
九天明镜悬霄汉，三晋雄鹰沐雅风。
世代口碑无市价，怀仁自是古今同。

（2009年9月）

山西五台山

朝穿迷雾雨茫茫，午至灵山沐紫阳。
丽日祥云迎远客，空门圣境溢馨香。
五台相聚凝禅性，千载难逢照佛光。
问道人生有三界，文殊睿智悟中长。

（2009年9月）

祁县乔家大院

大院雕楼岁月遥，犹闻商旅马蹄骄。
神凝秋水能知省，志沐春风敢弄潮。
处事无奇守诚信，待人有道弃清高。
楹联匾额传千古，怡达履和思舜尧。

（2009年9月）

长沙岳麓山

岳麓山头眺远空，清秋风色梦魂通。
情牵楚水莲荷碧，目极湘林枫叶红。
坐石心归自然里，倚亭身在画图中。
莫言二月花鲜艳，但借流光辨异同。

（2009年10月）

长沙岳麓书院

湘江挹水煮清茶，举步登高石径斜。
爱晚亭前采红叶，赫曦台上诵黄花。
人生难得消惆怅，世上何须结怨家。
往事如烟书院静，芙蓉国里沐流霞。

（2009年10月）

瞻仰韶山毛泽东故居

曾经风雨问苍茫，岁月峥嵘百世芳。
滴水洞前思绪远，韶山冲里史诗长。
红星闪闪民心亮，紫气融融国运昌。
竹海松涛富神韵，高山仰止向辉煌。

（2009年10月）

凤凰古城

凤凰城上凤凰鸣，人杰地灵天下名。
吊角楼前犹得势，沱江河畔又扬声。
土家习俗从文笔，苗寨风光永玉情[①]。
来往虹桥思往事，中流击水育精英。

（2009年10月）

【注】

① 从文笔与永玉情句：系指著名文学家沈从文与著名画家黄永玉，他们均系凤凰县人。

汉川仙女山

布衣难朽传千古，董永英魂入梦来。
仙女山头话仙女，神槐树下仰神槐。
贞心自会生贞节，孝道向来滋孝怀。
天上人间共相许，莫须遗恨赴灵台。

（2009年11月）

漠河林海观音二首

漠河林海观音，雕自白玉石，移自海南岛。据说当年大兴安岭森林大火，火头到此回转……

（一）

一路传言一路奇，大兴安岭有灵犀。
云山露湿青莲座，林海风飘白玉衣。
万里禅心系南北，千秋法水贯东西。
古松欲诉当年事，谁解火头至此低？

（二）

历暑凌寒白玉身，流光不改佛禅心。
人间有水皆融月，世上无山不戴云。
新寺钟声传万里，老僧偈语重千钧。
望中林海菩提树，别样莲花杨柳津。

（2010年元月）

哈尔滨冰雪世界

沃雪澄光不夜空，举头送目梦魂通。
银装素裹三千里，玉树琼花一万重。
遍点冰灯燃圣火，满斟醇酒酹寒松。
犹知巧夺天工景，原是匠心神借功。

（2010年元月）

泉州清源山

泉州春早刺桐香，苍岭高枝照紫阳。
弘一塔前心地阔，老君岩下道天长。
白云有路连星座，碧水无言润胆囊。
借得扶桑开倦眼，清源山上问苍茫。

（2010年3月）

湄洲岛拜妈祖

楚客闽乡三月行，春风拂面草青青。
雨余一路尘埃绝，雾散千山景色明。
兴化湾前听涛吼，湄洲岛上看潮生。
举头遥望海天阔，圣地犹闻圣母声。

（2010年3月）

参观福建土楼

客家民俗客心驰，凝望土楼天下奇。
南北厢房四时画，东西水井两仪辞。
环山抱水鸣青鸟，避暑驱寒绕绿篱。
借问当年安一隅，几多酸楚有谁知？

（2010年3月）

革命圣地井冈山

万里神州第一山，莺歌燕舞水潺湲。
凝眸碧树连高岭，回首红旗过大关。
翠竹披霞心耿耿，白云飞瀑泪潸潸。
参天松柏思今昔，血染杜鹃魂梦还。

（2010年3月）

文天祥故乡——江西吉安行

自将生死咏溧洋，一片丹心系故乡。
白鹭洲头闻古训，青原山下谱新章。
南金东箭生神韵，杰阁层楼绕劲篁。
赣水奔流向沧海，追踪万里大风扬。

（2010年3月）

瑞典达拉纳旅怀

碧云芳草小红楼，洋火燃情咏白头。
木马无声行万里，铜炉有眼察千秋。
敢经沧海方为水，常跋高山自解忧。
莫道东西风色异，但抬青眼望神州。

（2010年8月）

英国“伦敦眼”寄怀

天色无言日渐昏，伦敦眼上看伦敦。
江河历历新滩浅，岁月悠悠古堡深。
八国狼烟五湖暗，九州怒火一园焚。
他乡览物思今昔，往事难忘啸虎门。

（2010年8月）

武夷山九曲溪漂流

丹山碧水对苍穹，九曲风光似九宫。
溪上乘流逢玉女，涧中观景叹神工。
俯身摸象灵岩影，凝目腾龙峻岭容。
穿越石门通胜景，艄公一语赛诗翁。

（2010年11月）

钟祥明显陵

菁葱窈窕山林路，岁月留言玉石桥。
史说弟兄争霸业，功归心计得龙袍。
悠悠往事尘封久，朗朗新天明月骄。
今日申遗重抖擞，题名金榜烛高烧。

（2011年元月）

凉州旅怀

四月河西柳眼开，笑眉邀约问谁栽？
举头遥望祁连雪，驻足沉思戈壁霾。
古木千年历风雨，清醇一盏壮襟怀。
犹闻天马踏飞燕，气贯当年烽火台。

（2011年4月）

西宁日月山怀古[①]

遥忆当年红锦铺，文成公主出京都。
相传一块神奇镜，化作千年青海湖。
草地茫茫众星朗，雪山历历片云孤。
联姻藏汉修和顺，巾帼英姿大丈夫。

（2011年4月）

【注】

① 日月山：位于青海省西宁市湟源县，唐代称赤岭，相传当年文成公主远嫁吐蕃，曾驻驿于此，有日月宝镜变成青海湖的传说。后人为纪念文成公主，就把赤岭改名为日月山。

西宁塔尔寺

金顶辉煌岁月迁，千年古刹换新颜。
菩提不老临天下，偈语常鸣传世间。
六道轮回知进退，两仪更替任忙闲。
望中三绝何为绝[①]，甚是精工艺佛缘。

（2011年4月）

【注】

① 三绝：塔尔寺的酥油花、壁画（唐卡）、堆绣被誉为该寺的艺术“三绝”。

台湾太鲁阁公园

太鲁阁中山水新，魂牵梦绕念先民。
百狮桥下流清涧，万木峰巅入白云。
燕子洞前寻鸟迹，弥陀岩上悟禅心。
千年宝石名猫眼，喜见安澜两岸亲。

（2011年6月）

台湾阿里山

阿里山中滴苍翠，无边风物照晴曦。
千年红桧留伤迹，一路青篁萦苦思。
会意新茶泯恩怨，连根古木拒分离。
云舒雾尽明双目，回首沧桑岁月知。

（2011年6月）

宁夏黄河坛

登坛揽胜问黄河，万里惊涛又几何？
九曲有为奔大海，千年无怨润平莎。
浪牵天地清源远，力治风沙绿意多。
塞上江南听流响，贺兰山下洞庭波。

（2011年9月）

沈阳故宫

回首开元岁月骄，纵横南北八旗飘。
羊肠迷径鸣鸿雁，马背弯弓射大雕。
曾有雄风四方定，又争盛世一时豪。
但悲舞榭歌台下，落日黄昏叹折腰。

（2011年9月）

鞍山玉佛苑

翠屏环拥自传神，琼岛虚舟古韵新[①]。
七彩佛身惊俗世，千秋禅意入凡心。
犹将玉石三生梦，争得金瓯万国宾。
欲问谁人放青眼，敢追行色四时春？

（2011年9月）

【注】

① 琼岛虚舟：清乾、嘉年代，被称为“关东第一才子”的王尔烈，在千山龙泉寺西阁题有“琼岛虚舟”牌匾，系指林海苍茫，好像舟帆在美丽的蓬岛行驶。

白帝城

远足追寻白帝城，漫天烟雨又新晴。
夔门放眼开关锁，滟滪隐身修性灵。
两岸猿声千里响，一城诗意百家鸣。
欲将李杜刘郎韵，赋得人生不了情。

（2011年10月）

丰都鬼城

何故声称是鬼城？名山有意聚亡灵。
百年谱写廉勤赋，千古萦怀忠孝情。
天上犹知水东去，人间莫畏日西倾。
黄泉远近无须问，但醉归途长短亭。

（2011年10月）

“七夕”乘机感怀

一年一度鹊桥通，织女牛郎犹梦中。
离别冷凝心上泪，相逢热透脸边风。
不求彩凤披双翼，但对长庚醉一盅。
高枕月光情万里，低吟子夜韵千重。

（2012年8月）

黄石东方山

东方山上待归航，古月新光照大江。
采菊小园无鼓噪，闻经大殿有芬芳。
更思翠竹凝灵性，犹见苍松傲冻霜。
莫道凡尘缺三戒，原来正觉在心房。

（2013年11月）

通山隐水洞

奇姿妙景赛神工，十里画廊惊媪翁。
隐水洞中难隐水，腾龙坝上可腾龙。
乘流有韵心潮涌，造物无声天地通。
莫道幽深不知月，犹如寻梦在蟾宫。

（2014年7月）

儋州步韵赠诗友二首

(一)

海角天涯水自流，一头华发不惊秋。
眼中景色诗中画，心上情怀纸上收。
犹有时空犹有味，更无风雨更无愁。
浮云吐出东坡月，回首往来多少州。

（二）

海角涛声咒野荒，南风解愠不迷航。
半生羁绊半尊佛，万卷诗书万里香。
青眼瞻天思旧雨，乌纱落地发新光。
常吟老子骑牛韵，直把琼崖作武当。

（2014年12月）

临沧采风

心声自和怒江声，冬日缤纷联袂行。
白眼迷茫青眼亮，酒花馥郁浪花明。
暮云不弄三更雨，夜月犹牵一路情。
借得南风尤解愠，聊将热血洒归程。

（2014年12月）

由翁丁至孟定步韵赠诗友

远足他乡试比家，望中冬艳若春花。
吟情骤起忙吟草，煮酒难干唤煮茶。
犹有清香沁肝胆，何愁疏雨闹檐牙。
相逢知己催酬唱，佳句顶真如续麻。

（2014年12月）

沧源步韵赠诗友

何故心扉总不关？只缘景色万千山。
佤歌悦耳炊烟里，风色牵情眉睫间。
草绿花红青竹壮，天蓝水碧白云闲。
孰穷孰富凭谁问？守望自然金玉还。

（2014年12月）

翁丁佤寨步韵赠诗友

翁丁佤寨画屏幽，试问尘寰天尽头。
新韵常吟梦中韵，蜃楼堪比竹边楼。
一枝独秀难分晓，四象轮回不觉秋。
但愿人生有奇遇，相邀明月共神游。

（2014年12月）

勐来乡步韵赠诗友

阿佤葫芦妙想多，常邀明月照新禾。
修篁有韵犹抽笋，深涧无风不涌波。
千里边关千里韵，一车诗客一车歌。
无须把酒心先醉，胜似神游披绿萝。

（2014年12月）

临沧步韵赠诗友

白云黄鹤问澜沧，谁解奔波处世方？
碧水蓝天自来往，清心赤子任行藏。
莫言纷扰侵华发，但愿灵犀通故乡。
更有新风越千里，何须折柳送同行。

（2014年12月）

大冶目连寺

迎春翠柳眼先睁，消夏红莲根自澄。
闹市归来目连寺，清心坐下手抄经。
醍醐灌顶鬓毛白，天地立身风露清。
欲问世间多少味？禅房灯下晤高僧。

（2015年4月）

出席科尔沁诗人节步韵赠诗友

律通唐宋路通辽，塞北雄风驾大潮。
银汉飞光生紫气，玉泉流响润青苗。
纵观天下心犹壮，畅咏人间笔不骄。
借得元弓放新矢，诗情似火又燃烧。

（2015年8月）

内蒙古步韵赠诗友二首

（一）

元风清韵又通辽，试问长河谁弄潮？
大雁雄姿银汉会，小词纤指玉人箫。
畅怀嘎达梅林俊，难画孝庄皇后娇。
浩叹草原灵杰地，一天星斗耀云霄。

（二）

楚凤乘风北入辽，灵钧梦里动心潮。
引来骏马朝金阙，借得修篁裁玉箫。
青冢归魂情未老，香溪流韵影犹娇。
漫天传语南飞雁，直把乡愁寄碧霄。

（2015年8月）

武汉青山公园

三园十景大观园，春去秋来试比妍。
金桔飘香酬碧树，钢花吐艳竞红颜。
新风洗净今时月，往事难忘昔日烟。
但喜青山流韵响，又闻千古伯牙弦。

（2015年11月）

咏山泉

欲觅人间天外天，自辞高岭别峰峦。
等闲寂寞身后事，宁愿沸腾当下泉。
纵使细流无巨浪，但追沧海有长帆。
莫言九曲多歧路，梦逐深蓝直向前。

（2016年4月）

秋游即事

追寻往事问芳洲，回首长河入梦流。
莫笑风前孟嘉帽，但思月下庾公楼。
纵观今古星眸炯，跨越行藏霜鬓稠。
借得晴川汉阳树，引来春意闹枝头。

（2016年10月）

襄阳鹿门山

陟高寻觅孟襄阳，闻得霜秋新一章。
足下田园风未老，眼前山水韵犹长。
当磨翰墨浇阡陌，莫让污流入梓乡。
肯信鹿门山下渡，自通陆海达三江。

（2016年11月）

咏紫薇二首

（一）

紫薇胜似紫薇郎，独自凌风独自狂。
面不凝妆质明朗，身常挺拔气轩昂。
莫须枝叶争高下，但借花期分短长。
三伏三秋犹烂熳，任凭炎暑任凭霜。

（二）

唤出新词梦庾郎，劝君莫笑老来狂。
紫薇烂熳香清淡，红藕澄鲜意激昂。
浪迹江湖午风劲，潜踪山岭晚霞长。
望中天地牵明月，犹若心头流玉霜。

（2017年7月）

黄梅小池旅怀

吴头楚尾大江边，遍地新风沐笑颜。
春暖华堂迎紫燕，秋香平水浴清蟾。
小池鼓浪奔沧海，旷野放歌酬故园。
更喜时人抬望眼，有心破壁自投缘。

（2017年9月）

秋访禅寺二首

（一）

霜林未老唱雄鸡，秋色不分高与低。
红叶无言靓南北，白云有意贯东西。
世间花柳千般杂，眼下菩提一样齐。
借问名僧何许佛？自修清净得灵犀。

（二）

迎来秋色问高僧，一叶如来一叶经。
飞鸟争闻晓敲磬，行云犹唤夜挑灯。
三千世界风多少，十二瑶台雾几层？
但有菩提寄禅韵，芳根不老对阴晴。

（2017年11月）

镇江北固楼怀古

千古风光北固楼，几曾邀客望神州。
可怜落木萧萧下，不共长江滚滚流。
沧海桑田辞岁月，白云苍狗诉沉浮。
举头双手牵天地，世路原来无尽头。

（2017年11月）

襄阳归来步韵寄诗友

不辞邀约几兼程，论道襄阳风日清。
问法同光夜吟苦，寄情赣水晚霞明。
仲宣楼上怀诸子，广德寺中言众生。
但愿诗缘情与政，聊教微信发心声。

（2018年元月）

古寺即事二首

（一）

岁月寻常草味初，劝君莫道世情疏。
人生无欲花经眼，羁旅有愁思入颅。
涉水向来留碧影，追风自会愧浮屠。
但观行客疑传语，走出迷津笑腐儒。

（二）

古寺悠悠草木葱，苍松不老立幽丛。
九年面壁追明月，一苇渡江披彩虹。
入室夜灯禅影静，出门晓雾佛心空。
阴晴圆缺寻常事，流水落花谈笑中。

（2018年5月）

遂昌步韵赠诗友

邀约遂昌诗客来，玉盘升起夜云开。
曾吟苏子三州韵，又筑汤公四梦台。
欲渡潘江浪齐涌，莫言陆海雾难排。
但知举步追唐宋，当唤乘风倚马才。

（2018年9月）

遂昌缅怀汤显祖

归去谁言不快哉？任凭风雨入离怀。
牡丹亭唱千秋曲，回棘堂通四梦台[①]。
笔驾青云可西出，情生紫气自东来。
莫嫌世上多歧路，但借行藏向九陔。

（2018年9月）

【注】
① 牡丹亭与回棘堂：分别为汤显祖的戏曲与诗集名称。

上虞曹娥江

仲秋时节大潮奔，葱郁东山不减春。
轻挹曹娥一江水，难忘虞舜万年身。
礼行天下孝为本，义举江湖仁在心。
上浦归来犹得梦，堂前落泪拜双亲。

（2018年9月）

小令

卜算子·乡村木工

晨露湿行囊，暮雨惊归鸟。一盏油灯照木台，夜静乡村小。　　刨锯匠心欢，绳墨规程巧。梦醒三更月未圆，难咏池塘草。

（1968年4月）

鹊桥仙·农家乐

清泉解暑，凉风传语，台上评书击鼓。农忙自乐度时光，日复日、何知有苦！　　佳期嫁娶，玉壶歌舞，邀得乡亲团聚。柴门把酒醉闲情，盏连盏、苍黄几许？

（1969年8月）

鹧鸪天·夏日即事

暑日楼台拥翠微，绿肥红瘦不摧眉。梧桐叶茂经风雨，菡萏花妍照藕池。　　飞鸟噪，睡莲思，一高一下问天时。闻鸡起舞行人早，稻穗扬花落照迟。

（1988年7月）

浪淘沙·大冶青龙阁

碧水映苍山，暑气阑珊。青龙古阁换新颜。梦幻湖光浮倒影，浪迹婵娟。　　何日玉盘圆？借问清蟾。嫦娥应悔窃灵丹。寂寞广寒宫里事，不是人间。

（1991年8月）

画堂春·踏秋即事

仰天接地沐清晖，莫言柔草卑微。洁身不染耻摧眉，笑纳残菲。　　守望碧溪流水，咋须红叶题诗。无缘何必乱相思，焉可娇痴？

（1992年11月）

鹧鸪天·油菜

碧野黄花满目春，枝头颜色一时新。千斤石碾消忧虑，三寸陶壶储梦魂。　　羞海味，愧山珍，相争于市不耕耘。可怜诗韵欺油菜，弱柳丝绦垂泪痕。

（1993年4月）

浣溪沙·岳麓山爱晚亭

红叶秋风爱晚亭，行云似解故人情。尽收珠泪化甘霖。　　但愿虚怀浇翠竹，莫须迷幻恋苍鹰。东篱采菊一身轻。

（1993年11月）

鹧鸪天·立秋即事

早晚初凉暑未停，立秋时节绿中行。凝眸一瞥闻长笛，搔首三思倚短亭。　　红叶咏，白头聆，问谁能解这般情？木犹如此人何许，忒煞萧疏是去程。

（1994年9月）

菩萨蛮·秋日即兴

凝眸五彩霜枝劲，追踪三径风尘静。信意问苍穹，灵犀何处通？　　临渊犹面镜，结网争憧憬。无奈读中庸，书同时不同。

（1994年10月）

玉楼春·远眺滕王阁

晚霞赣水滕王阁，难洗元婴藏龌龊。但将醇酒酹波涛，欲听江风传鼓乐。　　豪情入序摇山岳，妙语惊人凭气魄。王郎健笔口碑存，天地阳春原有脚。

（1995年4月）

卜算子·湖边漫步

风急浪花高，雨霁烟波淼。放眼归舟古渡头，垂柳斜阳照。　　皓月夜空明，渔火湖光悄。小调粗声乐自寻，把酒酬三笑。

（1995年5月）

画堂春·磁湖泛舟

一湖春水碧连天，清波满目漪涟。丝绦袅袅不争妍，送别云烟。　　莫虑打磨明镜，等闲落下归帆。轻歌短棹唱回还，浪静风恬。

（1995年5月）

玉楼春・回乡寄怀

禾苗葱绿田园好，芳草淡青花渐少。碧荷烟里晚风凉，翠木梢头归鸟噪。　　春光易老天难老，仰望云空明月早。今时问候赤栏桥，来日畅游黄叶道。

（1995年6月）

鹧鸪天・棉花

漫地棉花雪满头，银装照眼水村幽。一身硬骨经风雨，万朵柔情寄夏秋。　　黄叶老，白云羞，藏妍别艳寸心修。宁为粗布催刀尺，不织罗衣惹冗愁。

（1995年9月）

忆王孙・半醉归来

山头落木纳秋声，矶嘴清波荡月明。夜醉归来斗柄横。梦刘伶，白社幽闲竹杖轻。

（1995年11月）

鹧鸪天·旅途夜思

灯下吟诗唱白头，夜阑明月上西楼。三更梦里穿蝴蝶，五谷仓前卧牯牛。　　莲蕊苦，菊香幽，一声梧叶一声秋。壮心莫忆新丰酒，华发常携旧雨游。

（1995年11月）

菩萨蛮·藕塘寄思

断荷不倒莲身洁，严霜难折莲根节。红藕梦嫦娥，无须红泪多。　　心空情味切，野旷云天阔。三伏不蹉跎，三秋又几何？

（1995年11月）

菩萨蛮·夏夜感叹

娟娟玉李银河远，悠悠岁月冰轮转。消暑入丛荷，泛舟摇碧波。　　望中云雾卷，袖上芬芳满。好景不言赊，何须问几何？

（1996年7月）

醉太平·秋荷

人间颂荷，湖中放歌。碧波荡漾青禾，唱清风薜萝。　　春花意多，秋妍气和。莫言岁月蹉跎，问寻常几何？

（1996年9月）

南乡子·登庐山

怅望倚栏杆，成岭成峰一样山。峻峭匡庐曾有梦，难圆，几度炎凉几百旋。　　把酒洒江天，离合悲欢只等闲。雅志何愁轩冕困，随缘，莫愧青松守岁寒。

（1996年11月）

鹧鸪天·冬日即事

万木霜姿别样容，曾经酷暑绿阴浓。莫忙折柳催行客，但愿垂纶约钓翁。　　天浩瀚，月圆融，寒山不减夕阳红。犹将热血肥缁土，更寄冰心向碧空。

（1996年12月）

点绛唇·荷池即事

一野莲花，黄昏雨歇荷池碧。暑天芳泽，身在清凉国。　　新月娟娟，月下亭亭立。分颜色，青红皂白，借问烟波客！

（1997年8月）

南歌子·踏秋偶怀

世上忘忧草，空中飞玉花。雪泥鸿爪记年华，借问阴晴圆缺枉生嗟。　　紫陌凝朝露，青山落晚霞。清江挹水洗乌纱，犹自白头含笑煮新茶。

（1997年10月）

鹧鸪天·山野寄怀

红叶钟情几万般，物随人意竞斑斓。圆荷带露千裙舞，细柳凌风一线牵。　　云淡淡，月弯弯，黄昏把酒独凭栏。竹林有客吟霜菊，石岭无尘展玉颜。

（1997年10月）

忆江南·三峡截流

三峡水，何故换新颜？巨手截流千浪静，雄风传语万山喧。往事系惊澜。　　三峡梦，争得玉盘圆。极目巫山神女秀，寄言屈子大江欢。灯火照华年。

（1997年11月）

鹧鸪天·襄江寄怀

樽酒相逢话语亲，襄江有雾问迷津。五湖四海寻知己，百里千村共睦邻。　　流水澈，动枢新，世间风物尽修身。天长地久清泉涌，从不疏狂自可人。

（1998年7月）

忆王孙·紫薇花

紫薇花嫁紫薇郎，不与春华争短长。但植深根系故乡。对秋霜，欲暖寒身饮玉浆。

（1998年10月）

鹧鸪天·秋望

碧水青山落日圆，长亭歇脚玉盘悬。朱颜莫叹春芳老，华发犹思秋菊繁。　　红叶静，白云闲，长郊劲草对霜天。一年行色何般好？甚是橙黄橘绿篇。

（1998年10月）

鹧鸪天·早春霁色

昨日缤纷昨日晴，夜来风雨闹三更。枝头余蕊争新艳，路上残红了旧情。　　芳草软，柳丝轻，水天一色画中行。脱巾漉酒人酣卧，嫩翠故林飞鸟鸣。

（1999年3月）

鹧鸪天·孟浩然故居

千里迢迢拜鹿门，寺前景色一时新。青山养性根基正，白马传经草木珍。　　江汉韵，浩然魂，田园清逸卧松云。劝翁把酒黄泉醉，身后谁人不识君！

（1999年5月）

鹧鸪天·初冬即兴

白草柔姿对暮天，黄橙硬骨立苍山。菊残月下香犹在，荷断泥中心未寒。　　云梦泽，汉江边，饱经霜露几回迁？枝头风色时时变，岭上流霞日日欢。

（1999年11月）

调啸词·不枯草

芳草，芳草，节气寒来不老。等闲雪地霜天，依然俏立闹欢。欢闹，欢闹，穿越严冬忒好。

（1999年12月）

菩萨蛮·三九即事

难忘三伏浓阴好，谁怜三九繁枝老？落叶洒霜天，飞花不耐寒。　　有情吟水调，无欲浇兰草。但愿玉盘圆，白头争雪莲。

（1999年12月）

鹧鸪天·乡村见闻

燕子低飞报晓晴，书童横笛铁牛行。一枝红杏墙头闹，两只黄鹂树上鸣。　　油菜嫩，麦苗青，漫山遍野唱春莺。百花欲放芳心动，千翠争荣柳眼明。

（2000年3月）

画堂春·襄阳夫人城

夫人城下汉江流，千年往事悠悠。芳心倩影主沉浮，纤手铜矛。　　春意迎来紫燕，秋波引领青眸。隆中山下两情投，羽扇相谋[①]。

（2000年9月）

【注】

① 诸葛亮夫人黄月英为隆中山下黄家湾人，相传诸葛亮手中的那把羽扇就是黄月英送给他的定情之物。

鹧鸪天·空中旅怀

千古骚人扬玉鞭，为何总是唱阳关？只缘寄语边城远，犹叹凝愁蜀道难。　　穿万水，跋千山，而今天堑不须鞍。地球村上时空小，南北东西一日还。

（2000年9月）

踏莎行·踏秋即事

万水行舟，千山落木，世间何物无归宿？斜阳脉脉照红衣，清风缕缕披黄菊。　　自自然然，弯弯曲曲，莫言肥瘦皆知足。聊题一叶寄春花，可怜争艳嗟荣辱。

（2000年11月）

南歌子·飞红寄思

夜雨芳枝泣，晨风宿鸟鸣。飞红点点寄深情，化作琼浆润物细无声。　　皓首双眸炯，青云一朵明。水流花谢有叮咛，蝴蝶梦中归路晚霞升。

（2001年4月）

鹧鸪天·南漳行

一路云林雾气升，烟中景色半分明。残红欲歇何须怨，新绿将肥莫失迎。　　山里转，雨中行，半溪碧水涌涛声。忽闻青鸟鸣高树，霁色琼光遍地晴。

（2001年4月）

减字木兰花·少林寺即事

少林名寺，自古修心朝拜地。碧水青山，银杏参天似有禅。　　浮名蝇利，惹得寻常人世累。杯渡随缘，但愿传灯伯仲间。

（2001年5月）

踏莎行·凭栏寄思

暮色新凉，更声旧梦，丛林待染闻蝉诵。朱明去暑柳生风，杜康解闷身消肿。　　曲水行舟，方田耕种，一枝丹桂香浮动。欲呼山色醉缤纷，自将赋得金秋颂。

（2001年9月）

鹧鸪天·秋荷

百苑繁华但畏寒，一花无虑远争妍。清风吹澈千湖水，烟雨催凉万仞山。　　黄叶渚，白云边，劲呼明月照秋莲。缘何根植深幽处？醉卧情披乐令天。

（2001年10月）

浣溪沙·梦中观海

追梦蜃楼观海潮，波高浪急水迢迢。弄潮儿女竞妖娆。　　暮色斜阳云外照，夜风明月雾中消。三山何处得逍遥？

（2001年11月）

鹧鸪天·荆山行

欲谢东君造化功，朦胧暮色傲青松。漫山草木犹披雨，遍地梨花尽带风。　　迷望眼，断行踪，路长水曲湿烟浓。推开雾障千株碧，瞭望云霞一抹红。

（2002年4月）

南歌子·夏莲寄思

泽国荷花俏，湖天暑气浓。问君何不嫁春风？无口难言苦楚匿怀中。　　落照涟漪染，行云草木葱。绿肥红瘦不由衷，谁悟一池莲藕寸心空？

（2002年6月）

鹧鸪天·江上即事

万里江河走白虹，一波低谷一波峰。云烟浮动清樽里，鸥鹭飞鸣急浪中。　　鸣短笛，驾长风，流霜溅雪荡心胸。旧时明月新时事，莫负苍天造化功。

（2002年7月）

如梦令·荷塘即兴

赏景频临烟渚，谁为炎阳消暑？寄语问芙蓉，却道清波相许。何去？何去？应是碧荷深处。

（2002年8月）

鹊桥仙·红叶寄怀

新城紫陌，香樟红叶，今古何人问及？疏疏点点照斜阳，笑离别、衷肠不泣。　　流年似水，华枝如彩，来去行藏自悉。清风爽气正相逢，更教是、有颜无癖。

（2002年9月）

鹧鸪天·重阳怀旧

莫负秋风造化神，欲烹红叶对霜林。东边日出西边雨，南斗情疏北斗亲。　　新白发，旧黄昏，孰知何故又销魂？相逢难唱阳关曲，但采茱萸寄故人。

（2002年10月）

调笑令·秋夜

霜月，霜月，月光一天情结。繁枝冷暖从容，落木冰心叶红。红叶，红叶，犹自高风亮节。

（2002年11月）

浣溪沙·深秋寄怀

莫怨深秋风太凉，黄花红叶竞疏狂。理妆聊慰借轻霜。　　白雪无根花韵短，红梅有幸笑容长。冰清玉洁一天香。

（2002年11月）

鹧鸪天·春游

三月春光绿映红，望中柔草露芳容。花前香软疏疏雨，枝上寒轻淡淡风。　　杨柳岸，玉兰冲，烟村山郭有无中。近闻紫燕思乡曲，遥望青山迎客松。

（2008年3月）

采桑子·漫步襄阳滨江大道

落红乱洒黄昏路，柳絮翻飞。暮雨霏霏，几树临风不折枝？　　登楼隐约凭栏望，物是人非。月影依稀，汉水奔流润紫薇。

（2003年4月）

虞美人·落红观感

轻风一夜花吹雨，引得香铺路。玉人楼上懒梳妆，却是不堪回首踏芬芳。　　胭脂零落思瑶圃，柔草情相许。痴情泪水润红颜，卧听春江流月起波澜。

（2003年4月）

踏莎行·送春

雨歇飞红，晴来滴翠，枝繁叶茂余芳坠。芭蕉不展怕沾愁，丁香打结相思累。　　上下何言？枯荣几味？惜春切莫嫌苍翠。紫袍脱下有清心，青衫穿上无骄气。

（2003年5月）

鹧鸪天·栀子花

暑日芬芳不济私，素华风韵有神思。一身汗水情难尽，千缕乡愁信未赀。　　霜裹叶，雪封枝，嫣然含笑谢天时。清心相许终身碧，酿得馨香寄鬓丝。

（2008年6月）

鹧鸪天·汉水渡头

暑色晴光草木道，紫薇怒放女桢幽。莫言鞍上扬鞭响，但念碑前堕泪流。　　临汉水，倚城楼，大江东去忆源头。蓦然西望心潮涌，千古隆中岁月稠。

（2003年7月）

画堂春·鄂州红莲湖

红莲湖上问红莲，为何不染污田？但教慎独守酸甜，藕断丝连。　　暑日花妍消暑，寒时茶热驱寒。卷舒开合任时迁，但共婵娟。

（2003年8月）

醉花阴·夜访荷池

雨霁夜凉寻小径，叠翠摇疏影。玉李欲偷香，俯瞰仙姿，陶醉红妆靓。　　当封莲子禅家姓，试比菩提净。细品问缘由，耿耿虚怀，犹自心如镜。

（2003年8月）

踏莎行·秋光寄怀

白发诗情，黄花酒兴，霁光水色烟波静。衡阳新雁发新声，香山红叶铺红径。　　路上光明，枝头梦醒，层林多彩霜风劲。平湖无染自澄清，凡心有月犹憧憬。

（2003年10月）

卜算子·钓鱼观感

一篓钓鱼情，九曲清江水。极目枝头落叶红，飘向烟波里。　　减负正逢时，落木常舒臂。待到春归柳眼开，辨识何为贵？

（2003年11月）

南歌子·秋日感怀

老骥行千里，新鞍噪一时。晚霞轻抹傲霜枝。常读悠然陶令菊花诗。　　笑洒长亭路，情怀小令词。桑榆留影莫嫌迟。畅道远山历历察眉知。

（2003年11月）

忆江南·羁旅逢故人

天未老，时却夕阳红。柳絮池塘曾话别，梨花院落乍相逢，明日又西东。　　秋还早，何必畏严冬。黄鹤楼前踪迹远，白云边上酒香浓，但愿醉春风。

（2004年4月）

西江月·三峡观光

高峡寻思神女，平湖荡漾婵娟。一江两岸展新颜，词客登高望远。　　开闸惊涛汹涌，凝眸华发腾欢。白云深处几桥悬？灯火如霞向晚。

（2004年6月）

南歌子·夏日即事

曲径浓阴下，香樟小草旁。诗书漫卷问苍黄，不觉晨钟暮鼓一天长。　　举步携明月，抬头望故乡。老来往事动回肠，却悔踌躇满志少年狂。

（2004年7月）

画堂春·鄂州三山湖

轻风烟雨日迟迟，一湖菡萏心思。横穿泥淖酿情丝，甘苦相依。　　芦苇牵连菱棹，渔歌飞出莲池。绿荷深处觅新诗，细品红衣。

（2004年8月）

鹊桥仙·暮色感怀

飞花有意，断荷无力，落照牧牛归路。疏狂把酒劝斜阳，留晚照、余霞相许。　　书窗摇影，台灯开卷，暮色月笼烟树。红蕉黄菊染轻霜，对明镜、休言自忤。

（2004年10月）

鹊桥仙·重阳偶怀

书中解闷，字间生趣，叶绿花黄几度。寒山落木不伤情，有根在、何须碎语。　　登高悦目，举杯邀友，微醉豪言归路。秋光沐浴傲霜枝，赋黄菊、东篱索句。

（2004年10月）

醉花阴·屈原昭君故里行

千里清秋风味切，红染枝头叶。环顾望江天，高峡平湖，圆了巴山月。　　离骚千古凝心血，读灵均忠烈。望塞北高坟，故里香溪，碧浪追人杰。

（2004年10月）

踏莎行·秋野情思

暮色层林，烟波旷野，谁挥彩笔神情写？晚霞入韵杜陵诗，秋风着色王维画。　草木无华，蟾蜍有话，水中身影谁高下？世间甚是这般情，橙黄橘绿霜天嫁。

（2004年11月）

忆秦娥·黄鹤楼上

谁知觉？龟蛇无语思黄鹤。思黄鹤，烟花时节，白云斟酌。　晴川剪影新城廓，长虹饮涧层波幄。层波幄，矶头明月，扬清激浊。

（2005年3月）

鹧鸪天·随州炎帝故里

故里常闻帝子灵，拓荒尝草济苍生。悬崖峭壁长留迹，沧海桑田不了情。　追足迹，听风声，千秋岁月鹧鸪鸣。烈山幽秘寻思远，姜水澄清天下迎。

（2005年3月）

西江月·晴川阁

放眼一城春色，寄怀万里晴川。烟花三月景无边，黄鹤如今飞返。　　东海蓬莱仙阁，西陵峡谷琼田。多情扬子舞翩跹，神女钟情江汉。

（2005年3月）

浣溪沙·清明即事

无奈行云岁月匆，思亲长叹梦魂空。不堪花落水流东。　　一树桐花芳故土，千湖杨柳舞新风。清明雨霁夕阳红。

（2005年4月）

南歌子·春日即兴

日暖春山碧，风和暮色清。漫天归鸟报新晴，犹自等闲阴雨过清明。　　老去还乡里，归来忆目成[①]。求田问舍一身轻，但愿畅吟油菜歇长亭。

（2005年4月）

【注】

① 目成：典出《楚辞·九歌·少司命》："满堂兮美人，忽独与余兮目成。"指通过眉目传情以结成亲好。

诉衷情令·山乡

雨山霁色晓窗清，鸡犬竞飞声。醒来回味新梦，消溽暑、一身轻。　　天未老，地犹灵，又逢僧。红莲照眼，翠竹虚怀，泉水叮咛。

（2005年8月）

鹧鸪天·重阳述怀

采菊登高衣袖香，孟嘉落帽笑重阳。白萍渡口飞鸥鹭，红蓼滩头忆故乡。　　莲子老，晚风凉，碧波烹日彩云长。人生难得忘机友，梦得茱萸寄庾郎。

（2005年9月）

采桑子·日本火山新村与洞爷湖

火山红叶新村美，满目华枝。有醉无痴，草木风光别样姿。　　轻舟短棹平湖静，似抹胭脂。芳入汤池，欲问天公归路迟。

（2005年10月）

忆江南·秋夜旅怀二首

(一)

星夜静，酣卧梦还乡。明月三更芳草劲，清风万里菊花香。万木染秋霜。

(二)

鸾镜里，华发骤思乡。赤子莫嫌槐市远，青衫犹觉杏坛香。无意额头霜。

（2005年11月）

虞美人·钟祥莫愁湖畔

冰清霜洁三冬草，无意身枯槁。可怜落木怨分离，但愿来时有幸伴菩提。　　南柯相许催人老，过往知多少？莫愁湖上唤灵犀，在水一方何必问高低。

（2005年11月）

踏莎行·西陵峡观光

北斗星辰，西陵峡谷，峻姿伟岸云相逐。诗笺彩笔绘宏图，大江万里连吴蜀。　绿酒千杯，丹心一曲。橙黄橘绿生芳馥。欲将风韵寄明朝，秋波荡漾何须卜？

（2005年11月）

踏莎行·恩施茶山

碧岭红云，清江素带，瑶林老圃乡音改。穷山瘦水换新颜，灵泉玉液滋安泰。　白乳香浮，青芽嫩采，千杯万盏情难买。饮茶闹市问来人，西湖典卖谁知诫？

（2005年11月）

鹊桥仙·冬日观光

烟云弄墨，霜风吹玉，万木枝头皆白。霁光万里雪花鲜，举头望、层林一色。　黄橙浓郁，红梅冷艳，谁解冰心玉魄？不经三九不知寒，但回味、阴阳太极。

（2005年12月）

浪淘沙·巴西“三国”交界处遇劫匪

天外落双河，咆哮狂歌。乱流危石影婆娑。人道当年三国事，血刃腥戈。　　今日又如何？岁月蹉跎。太平难得又沉疴。远客他乡逢劫贼，谁斩妖魔！

（2006年5月）

浣溪沙·巴西耶稣山

里约滩头白浪翻，耶稣山上绿枝繁。无边大海水连天。　　三岛传奇三岛梦，一方基督一方禅。东西有别玉盘悬。

（2006年5月）

西江月·巴西伊瓜苏旅怀

万里蔚蓝消暑，一园葱翠迎秋。他乡草木不笼愁，却少茅台美酒。　　莺啭犹传遐迩，星移但主沉浮。钧天晓梦击中流，畅道东西合奏。

（2006年5月）

酷相思·巴西伊瓜苏瀑布

玉幕横空飞瀑布。野空阔、笼烟雾。问天下奇观知几许？人独立、悬桥处。疑又在、虹桥处。　　碧草秋山游客路。果子狸，殷勤聚。恨难有灵犀通兽语。恐应是、恩相予。接着是、情相予。

（2006年5月）

浣溪沙·马尔代夫巴岛旅怀

沧海惊涛天际流，异乡茅屋胜琼楼。银滩碧树是洋洲。　　情寄渔梁思绪涌，身临巴岛旅情悠。襄江一别几春秋？

（2006年5月）

西江月·马尔代夫巴岛即兴

绿岛骄阳生暑，白云沧海飞舟。蓝烟碧影荡悠悠，无意青衣紫绶。　　茅屋华堂迎客，闲情幽境消愁。眼前浑似百花洲，畅饮他乡美酒。

（2006年5月）

醉花阴·香港逢老乡

仲夏海天云接水，一港华灯美。寄语问沧桑，古往今来，何以乡情贵。　　梦中把酒香风里，却道层楼累。但愿趁黄昏，漫卷诗书，赶赴兰亭会。

（2006年6月）

摊破浣溪沙·黄梅挪步园

挪步园中草木深，薜萝明月照清心。把酒临风修竹舞，半壶斟。　　鹤怨猿惊游子梦，莺歌燕舞故人吟。崖壁题诗何处寄？待知音。

（2006年7月）

少年游·黄山莲花峰

谁人峰顶种莲花？仰目辨风华。断云疏雨，幽姿浓雾，疑是着袈裟。　　天公造化垂千古，留与世间夸。翠竹如僧，苍穹似殿，来往问灵槎。

（2006年7月）

如梦令・游黄山

盛夏黄山观景，峻岭青松留影。筇节入明眸，清气更催登顶。追省，追省，举目枝头憧憬。

（2006年7月）

霜天晓角・安徽西递宏村

宏村西递，古色新风里。碧水畦田芳野，天马迹、犀牛地。　　品黄山立世，读徽商处事。歙水回流寻味，退一步、犹为贵。

（2006年7月）

木兰花・英山南武当

雨调山色飘烟墨，风引歌声迎远客。参天古木引飞流，疑是仙宫新玉壁。　　欲留胜景催诗笔，但借闲情鸣牧笛。眼前试比入桃源，足下犹教追太极。

（2006年7月）

临江仙·漫步巴东新县城

蜀水巴山连四海，女神俯瞰平湖。可怜昔日旅魂孤。新航故道，极目峡天舒。　　扬子源头通万里，往来滋润桑榆。晚霞薄暮得宽余。一城灯火，照亮手中书。

（2006年8月）

巫山一段云·河南旅怀

白马知禅性，龙门沐佛光。中原魂梦任悠扬，锤炼少林郎。　　丹桂芳香烈，苍松根脉长。遨游商海竞争强，万里举帆樯。

（2006年9月）

浣溪沙·秋晚即兴

日暮夕阳留晚霞，夜阑明月透窗纱。灯前开卷问生涯。　　茶亦醉人何必酒，书能香我不须花。清秋红叶正年华。

（2006年9月）

浣溪沙·秋日逢故人

红叶霜天岁月侵，回眸一笑欲销魂。相逢羁旅问酸辛。　　不用穿林三径扫，但须把酒半壶斟。疏狂邀月桂花馨。

（2006年10月）

菩萨蛮·俄罗斯夏宫观光

波罗的海涛声歇，芬兰湾里泉城阔。落木染金黄，似知青史长。　　惊涛浇热血，沃土埋英烈。把酒问沧桑，客心思故乡。

（2006年10月）

菩萨蛮·参观莫斯科红场

蓝天笼雾朦朦睡，苍枝落叶纷纷坠。何故卷风云？拜君难问君！　　梦魂追上帝，借问谁知悔？飞雪似传神，客心如火焚。

（2006年10月）

清平乐・莫斯科二战胜利广场

气冲霄汉，举目遐思断。铁血捐躯酬誓愿，卫国保家呼唤。　宝刀怒吼长风，忠魂啸傲高穹。逝水流光生变，红星犹在心中。

（2006年10月）

鹧鸪天・三秋偶怀

红叶无声似有声，枝头有语闹飞莺。三秋草木三秋味，一片枫林一片情。　言老子，醉刘伶，东篱采菊读渊明。孤山凭吊林和靖，茅屋长怀杜少陵。

（2006年11月）

菩萨蛮・三峡行舟

飞舟似箭穿山水，古今多少辛酸路。浪迹阔平湖，女神邀小姑。　时光留不住，但对行人语。回首忆银鲈，冰心在玉壶。

（2006年11月）

调笑令·望月

圆月，圆月，莫道行将残缺。水流花谢经年，沧海桑田佛禅。禅佛，禅佛，谁解浮云恍惚？

（2007年元月）

卜算子·雪梅

片片白花飞，点点红梅赞。玉洁冰清天地明，道是人间盼。　　热血染胸襟，珠泪垂心愿。待到群芳斗艳时，酣卧银河畔。

（2007年元月）

踏莎行·早春寄怀

北望冰姿，南摇倩影，一声长笛梅心醒。漫天飞雪沐春风，绕梁余韵相邀请。　　把酒回眸，放歌憧憬，冰丝不觉冰霜冷。望中犹见水波明，蓦然得梦林和靖。

（2007年2月）

忆秦娥·京城度元宵

飞瑞雪，京华春色元宵节。元宵节，一城灯火，万方传捷。　　苍松翠柏冰枝洁，红装素裹云天澈。云天澈，江山如画，心驰尧阙。

（2007年3月）

浣溪沙·香樟

酷暑严寒展碧容，阳春三月点嫣红。不贪花季不居功。　　旧叶含情辞旧雨，新枝着意唤新风。香樟未老对苍穹。

（2007年4月）

浣溪沙·青藤寄语

一片青藤爬上楼，傲枝何许总摇头。世间难得有糊涂。　　直面风尘宜把酒，无须月夜漫思幽。梦中蝴蝶向浮丘。

（2007年4月）

玉楼春·安徽旅怀

引来紫燕瞻琼宇，待到黄山迎喜雨。徽风老调唱宏村，汉乐新声酬劲旅。　　他乡不觅仙人渡，但问儒商今与古。白云黄鹤越千年，寄语春潮催翘楚。

（2007年4月）

西江月·庐山旅怀

难得高峰神韵，但求低涧灵泉。悬河飞雨艳阳天。遗憾时光太短。　　今日心连昔日，庐山情寄南山。白云生处望云端。一幅无声画卷。

虞美人·江西归来

风枝悦目晴光翠，忙里偷闲贵。楚山赣水画中行，登上滕王楼阁问清明。　　大江推举庐山美，谁解飞流累？庭槐兴叹枉争鸣，拾取黄昏无语夕阳情。

（2007年4月）

南歌子·恩施旅怀

古道苍山峻，清江碧水悠。白云深处建新州，正是当年天堑变通途。　　纵览腾龙洞，追寻吊角楼。千年造化起宏图，梦得盐阳神女击中流。

（2007年5月）

阮郎归·伊斯坦布尔海峡

一桥飞架亚欧连。波摇碧又蓝。风光两岸是青山。绿肥红瘦欢。　　宫殿侧，教堂前，清真古寺边。海流不息任时迁，但观人世间。

（2007年5月）

鹧鸪天·伊斯坦布尔海边

薄暮涛声落照间，海风无怨拂青山。葡萄美酒胸襟暖，玉叶琼枝花蕊妍。　　肤色异，笑眉欢，点燃灯火碧波喧。东西有道连千里，共奏天人合一弦。

（2007年5月）

鹧鸪天·明斯克出席晚宴

芳草萋萋照晚空，轻歌美酒舞裙红。樽前击掌欢声动，座上飞觥豪气冲。　斟北斗，借东风，商机万里气如虹。拓宽今日新丝路，胜似驼铃奔玉骢。

（2007年5月）

鹧鸪天·从明斯克到布列斯特

牧草青青油菜黄，白云底下放牛羊。茂林遥寄千枝秀，旷野轻飞百卉香。　言浩渺，悟苍茫，东西南北日光长。望中茶马开新道，但愿商天大雁翔。

（2007年5月）

踏莎行·布列斯特要塞[①]

要塞春秋，边城暮晓，教堂祈祷长凭吊。往时战地炮声隆，今宵旧址繁星照。　密约沉沉，硝烟杳杳，残垣断壁眠枪炮。白头青眼独遐思，断肠往事知多少？

（2007年5月）

【注】

① 布列斯特要塞：位于白俄罗斯布列斯特市，1941 年 6 月 22 日，这里发生了德军进攻苏联的第一次战役，驻守布列斯特要塞的苏军浴血抵抗月余，在伟大的卫国战争史上写下了可歌可泣的一页。

鹧鸪天·恩施旅怀

千里硒都千里情，清江山水画中行。故人今日逢新雨，美酒明朝浇嫩晴。　文墨语，武陵声，扬鞭跃马请长缨。盐阳神女惊天地，继往开来白虎鸣。

（2007年7月）

踏莎行·恩施土司城

白虎图腾，清江月晕，土家习俗凭谁问？半楼歌舞唱风情，一山松竹聆尧舜。　柳岸垂纶，风亭吟韵，红妆翠盖生时运。悠悠岁月武陵都，枝头明月思难尽。

（2007年7月）

望江东·谷城承恩寺

神秘神奇问神势，老槐树、遮天桂。千年传说玉泉水，治丑面、飞灵气。　深山古刹承恩寺，望佛殿、环苍翠。觉成幸悟梦中事，法宝圣、铜钟贵。

（2007年7月）

鹧鸪天·风雨寄思

烟渚茫茫去意多，轻舟短棹问如何？黑云翻墨嘲红藕，白雨抛珠戏碧荷。　波浩渺，影婆娑，但求浪静水无涡。湖光霁色如明镜，照亮归途任打磨。

（2007年8月）

调笑令·夜思

香动，香动，一树桂花情涌。夜阑凝目云天，圆月催生梦圆。圆梦，圆梦，千里婵娟与共。

（2007年9月）

鹧鸪天·访高僧

水墨云烟风浪平，东方山上问高僧。红莲灵性凭鱼跃，翠竹虚怀听鹤鸣。　　三叠曲，一天星，无形因果自由行。菩提梦里情相许，聊赋禅诗寄客卿。

（2007年9月）

踏莎行·秋暑即事

溽暑心烦，清凉意爽，枝头染色尤堪赏。几时邀约上东山？兰衣蕙带青藜杖。　　月桂飘香，莲渠接壤。白云黄鹤同欢唱。谁知落木一身轻？风来无虑何须嚷。

（2007年9月）

减字木兰花·雨霁观景

莲荷烟渚，独立黄昏云送雨。霁色飞虹，一点灵犀悟处通。　　凉风相许，归鸟枝头无乱语。遥望苍穹，半岭流霞半岭红。

（2007年9月）

鹧鸪天・棉田秋色

万顷棉田犹耐秋，一花无艳远烦忧。干桃含笑邀明月，落叶归根卧垄沟。　情切切，意悠悠，乡村煮酒唱丰收。莫愁霜冻寒荒野，但借红梅作壮猷。

（2007年11月）

鹧鸪天・木芙蓉

一木秋姿压众芳，可怜诗笔画凄凉。风前冷艳邀红叶，霜后清芬沐紫光。　羞织女，醉牛郎。莫言只有菊花香。半坡苍翠缘何故？喜娶芙蓉橘子黄。

（2007年11月）

鹧鸪天・钟祥莫愁湖

诗客多情乱笔头，莫愁湖上滥工愁。穿梭走玉伤圆缺，流水飞花恸去留。　骑白鹤，赶黄牛，呼天唤地问缘由。为何莲藕从无恙？唯有虚怀别怅惆。

（2007年11月）

踏莎行·杭州西湖孤山

草木经年，时空造化，梅妻鹤子传佳话。茶经药典倚孤山，曾经有客锄园罢。　　疏影横斜，幽香淡雅，篷窗开卷萤灯下。唐毫宋墨妙文章，潘江陆海风潇洒。

（2007年11月）

鹊桥仙·棉田寄思

残枝落叶，枯桃吐雪，一野棉田洁白。秸身虽朽不弯腰，暗询问、匆匆过客。　　昙花一现，浮名半点，搅得人生窘迫。云山深处有清幽，望修竹、漫思飞锡。

（2007年12月）

踏莎行·咏梅

点点心头，年年雪里，凌寒怒放琼包碎。傲枝依韵有谁知？细品诗怀千百味。　　借得霜风，迎来瑞气，罗浮梦里羞憔悴。萧萧两鬓漫生华，甘与冰魂同一醉。

（2008年元月）

鹧鸪天·踏雪感怀

玉兔多愁烟月忡，金乌无怨夕阳红。西湖冰雪怀和靖，南岭梅花唱放翁。　　持浊酒，沐清风，新丰独酌亦轻松。水流花谢知多少，莫怨高低莫怨穷。

（2008年2月）

鹧鸪天·武陵山旅怀

霁色天晴列岫春，绿肥红瘦点迷津。莼甘连苦匆匆客，水远山长处处亲。　　文苑阁，武陵人，龙船古调入青云。牛郎欲问人间事，织女传言岁月新。

（2008年4月）

忆江南·初秋寄语

杨柳舞，一野稻花香。夏木难知霜叶意，秋阳不减暑时光。但有桂花浆。　　风日好，天地两情长。宁可疏狂吟落照，莫须惆怅醉离觞。何必笑江郎！

（2008年8月）

鹧鸪天·罗田薄刀峰

世外桃园不厌看，薄刀峰下竹林欢。云飞雾涌层峦渺，电闪雷鸣冷眼观。　　风似扇，雨如帘，一潭闲水又嚣喧。天公造化多烟景，身在山中难识山。

（2008年8月）

踏莎行·中秋述怀

翠竹修身，苍松壮体，落花无憾乘流水。蟾宫折桂寄孤芳，嫦娥着意追诸子。　　借得秋风，品尝秋味，相逢冷暖知迁徙。劝君酬唱莫嫌霜，壮心逸韵消余悸。

（2008年9月）

踏莎行·秋兴四首

（一）

霞染湖光，舟摇柳影，金秋时节馨香劲。一林归鸟问菩提，拈花微笑谁知省？　　心底无污，书中有径，举头天上悬明镜。风生两腋桂难眠，夜阑犬吠人难静。

（二）

残暑微风，疏星淡月，知秋始觉天空阔。枫林霜叶醉颜红，蟾宫仙桂芳香烈。　　朗朗词章，铮铮身骨，可怜暮气伤情结。玉盘投影自无常，莫言长短随圆缺。

（三）

稻谷金黄，棉花雪白，追秋甚是情尤迫。芰荷脱帽得宽余，莲根幽静居深宅。　　河汉香风，山公彩笔，霜天行色催诗客。登高送目恋枫林，一枝红叶谁知悉？

（四）

紫陌红尘，青衣白发，落枝无虑风吹叶。一身爽气寄仙葩，满园蟾桂披香雪。　　月下舒眉，樽前鼓舌，云舒云卷天辽阔。枯荣焉可怨春秋，世间五彩分时节。

（2008年9月）

忆江南·秋兴二首

（一）

谁自语？归鸟话悠然。夏月不知枫叶苦，秋阳未许菊花寒。妍艳洒霜天。　　多少事，圆缺任婵娟。峡石喧哗山石静，水莲凋谢木莲欢。疏雨润华年。

（二）

凝远目，世事问和衷。遍野藏妍金土地，孤芳吐艳木芙蓉。造化荡心胸。　　逢旧雨，华发闹飞觥。醉揽巴山秦岭月，醒闻吴阁楚台风。垂钓夕阳红。

（2008年10月）

调笑令·赏月

华发，华发，个中几多情结？闲来独自凝眸，方识霜寒月秋。秋月，秋月，红叶忧愁尽绝。

（2008年11月）

鹊桥仙·秋日寄怀

枝头红叶，镜中华发，相顾嫣然一笑。秋风拂面莫伤怀，遇知己、清樽不老。　　潇潇雨歇，潺潺流响，霁色流连晚照。白云深处饮澄鲜，寄思绪、禅门古庙。

（2008年11月）

荆州亭·澳大利亚凯恩斯海滨

鸥立滩头似璧，鸟噪林中如笛。薄暮晚霞红，犹自羞无健笔。　　借问英文法则，试比汉诗平仄。何故不相同？寻觅先贤踪辙。

（2008年12月）

踏莎行·澳洲旅怀

远水粼粼，遥山隐隐，东西有别凭谁问？一天热浪一天霜，莫求世事同分寸。　　暮雨纷纷，轻雷滚滚，夜阑入寐情难尽。梦中把酒转冰轮，欲催青帝传春讯。

（2008年12月）

踏莎行·斐济旅怀

异域骄阳，故乡霜月，东西万里时空别。太平洋上借波澜，且将热浪冲华发。　　细品风光，顿生情结，丹心远寄朝天阙。青山绿水有灵犀，放飞候鸟争评说。

（2008年12月）

捣练子·斐济南迪旅怀二首

（一）

红叶俏，白云闲，沧海蓝天望处连。归路迢迢难入睡，只缘风物别时难。

（二）

晨曙暖，夜风凉，四面涛声入梦乡。明月不圆人不语，蓦然思绪搅柔肠。

（2008年12月）

忆江南·沙洋纪山寺

高岭上，见说楚王园。莫道桃源生世外，但教茅屋立人间。随意玉盘圆。　　抬望眼，遍野菜花鲜。送别春风山淡定，迎来秋月水悠然。谁解个中禅？

（2009年3月）

鹧鸪天·襄阳滨江大道

晓曙晨风古渡头，白头无虑放歌喉。岸边垂柳争飞舞，水上沙鸥竞自由。　　闻汽笛，上城楼，一江疏影向东流。望中大小淘沙浪，自主沉浮任去留。

（2009年3月）

踏莎行·阳朔漓江

碧水蓝天，神姿疏影，眼中形胜催深省。玉簪滴翠引灵泉，青罗织带飞憧憬。　　浪涌诗情，风生意境，乘舟似得飞花令。自裁景象入吟怀，但求常醉休常醒。

（2009年3月）

踏莎行·阳朔世外桃源

叶绿花红，山奇洞美，一湾风物千般媚。轻舟短棹侗乡情，大歌壮锦新天地。　　身入桃源，目寻桃李，世间行色谁知味？临渊面镜洗尘颜，波摇身影如磨砺。

（2009年3月）

鹧鸪天·桂林“两江四湖”游①

曾是孤身岁月匆，而今一体六联通。舟行碧水榕阴里，塔向青云画卷中。　　歌一曲，酒千盅，江天湖月两融融。登楼欲问谁妆点？遥指高山一劲松。

（2009年3月）

【注】

① 两江四湖：“两江”系漓江与桃花江；“四湖”系榕湖、桑湖、桂湖与木龙湖。

忆江南·桂林榕湖观光

灯光美，暮色尽开颜。千载古榕邀皓月，一湖新景映蓝天。翁妪舞翩跹。　　春常在，相顾四周山。杨柳舒眉风气正，桃花吐艳浪涛欢。剪影寄婵娟。

（2009年3月）

鹧鸪天·巴东旅怀

欲解风情问小舟，号声唤醒大江流。巴山楚水兴流韵，高峡平湖入景楼。　　新起点，古津头，云中烟树月如钩。寄书霄汉邀神女，何日归来共运筹！

（2009年5月）

偷声木兰花·九宫山度假

暑天犹有清凉处，流水潺潺闻鸟语。漫步云湖，浪静风平碧影疏。　　身辞闹市闲情远，路转峰回舒倦眼。云海苍山，血色残阳别样圆。

（2009年7月）

鹧鸪天·海峡寄思

明月涛头白玉花，常怀思念向天涯。相逢别后茶犹馥，憧憬来时景更佳。　　沧海日，赤城霞，千秋不改照中华。炎黄血脉连今古，两岸情深是一家。

（2009年7月）

鹧鸪天·平遥县衙

千里平遥问古今，楹联警句蕴涵深。不求得意还桑梓，但愿忘私为世人。　　三尺法[①]，四时春，千秋训示撼身心。安邦崇德乾坤久，策马追贤日月新。

（2009年9月）

【注】

① 三尺法：古代将法律刻在三尺长的竹简上，故曰“三尺法”。

踏莎行·乔家大院

德沐春风，情融秋水，祥云瑞霭飘千里。芝兰馥郁挂中堂，往来有道兴商旅。　　旧宅犹存，新光更美，楹联匾额连心底。东西南北问江湖，惊涛骇浪如何济？

（2009年9月）

鹧鸪天·张家界

玉兔金乌鬼斧雄，剪裁山水举奇峰。三湘景致芙蓉国，千古风流造化功。　　黄石寨，碧云松，倚天长剑向苍穹。欲知神箭当年事[①]，疑似先贤地对空。

（2009年10月）

【注】

① 神箭：系指张家界的石林，很多像导弹一样垂直入空，故曰“神箭”。

踏莎行·张家界天下第一桥

月朗神桥，云笼深涧，借来路径通霄汉。牛郎织女若先知，何须七夕回肠断？　　松碧晴峰，霞红泪眼，拜仙台上回声远。欲将风物寄蟾宫，天悬明镜凭缘看。

（2009年10月）

鹧鸪天·漠河北极村

北极边关风似刀，千枝万叶赛冰雕。乾坤不夜寻灯火，天地无尘梦寂寥。　　飞柳絮，剪鹅毛，疏狂踏雪任逍遥。远方来客吟梁苑，赋得梨花对九霄。

（2010年元月）

忆江南·泉州开元寺

临古刹，双塔入云天。桑木枝头禅意远，莲花座上佛心宽。法界话桑莲[①]。　　飞檐静，百柱越千年。宝殿基深通圣井，菩提叶茂润灵泉。悟在有无间。

（2010年3月）

【注】

① 桑莲句：系指该寺与一般佛教寺庙不同，其大殿牌匾上写作“桑莲法界”四个大字，据传说，寺庙所在地原来是一片桑林，并有一个美丽的传说。

鹧鸪天·崇武古城

往事非烟弹壁凉，曾经利炮一时狂。勿忘国耻谋千载，更聚民心和万方。　　当放眼，莫回肠，韬光养晦海天长。扬帆竞渡追蓝水，踏破惊涛震虎狼。

（2010年3月）

西江月·井冈山旅怀

座座青山竞望，潺潺碧水争闻。井冈神采一天春，竹海临风抽笋。　　松柏传承苍翠，杜鹃抖擞芳芬。歌声缭绕唱红军，日月催人奋进。

（2010年3月）

踏莎行·井冈山即兴

拔地峰峦，参天树木，饱经烟雨肥新绿。井冈山上杜鹃红，春风万里芳浓郁。　　寄语圆荷，凝眸方竹，方圆有道明双目。魂牵梦绕岁寒松，顶天立地怀金璞。

（2010年3月）

鹧鸪天·瞻仰井冈山烈士陵园

遥忆硝烟岁月遐，忠魂无悔梦思家。寒松苍翠鸣青鸟，热血鲜红唾黑鸦。　　含笑树，杜鹃花，井冈翘首望天涯。一园浩气连天地，星火燎原万物华。

（2010年3月）

踏莎行·井冈山黄洋界

百里苍松，一轮红日，千峰万木披春色。西江月里涌豪情，黄洋界上凝新碧。　　寄语残垣，回眸弹壁，当年烽火烟如织。望中照眼杜鹃花，几多鲜血枝头滴。

（2010年3月）

浪淘沙·清东陵

凝目问东陵，何故亡清？闭关锁国耀门庭。两耳不闻天外事，贪享安宁。　　古木寄叮咛，鼓角常鸣，莫忘忧患世间行。沧海桑田传正道，大象无形。

（2010年7月）

鹧鸪天·腾冲旅怀

极目腾冲翡翠城，马帮古道听铃声。千寻热海千寻梦，一寸冰心一寸情。　　三界语，五洲行，士和民顺玉盘明。举头回望寻踪迹，万里云天大雁鸣。

（2011年3月）

踏莎行·敦煌鸣沙山月牙泉

幽秘千重，神奇五彩，沙泉相恋喧哗外。月牙泉畔浴仙风，鸣沙山上闻天籁。　　古柳回眸，新枝期待，一泓深浅知生态。而今丝路响驼铃，欢声悦耳穿云海。

（2011年4月）

鹧鸪天·张掖大佛寺

卧佛难眠思四方，人间几度梦黄粱？浮云散去千湖镜，明月归来万丈光。　　观胜景，问慈航，莲台甘露润心房。原来闹处还清静，犹似禅缘得锦囊。

（2011年4月）

鹧鸪天·台湾过端午

佳节心潮连海潮，大排档上尽珍肴。菖蒲兰草黄鸡蛋，粽子清醇绿豆糕。　　怀屈子，诵离骚，汨罗江水润同胞。龙舟竞渡争天问，海峡何时可架桥？

（2011年6月）

忆江南·台湾日月潭二首

（一）

苍山上，把酒诉衷肠。粽子飘香怀屈子，龙舟竞渡忆湘江，时节又端阳。　　观日月，疏影荡潭光。白鹿寻亲人气旺，蓝天照水物情长，莫道是他乡。

（二）

舟摇碧，山水照蓝天。日月双潭昭日月，台湾五彩绘台湾。何日玉盘圆？　　风生味，苦辣又甘甜。老庙经年知往事，古琴变调换新弦。待奏合家欢。

（2011年6月）

忆江南·参观张帅府

观帅府，凝目一楹联：“书有未曾经我读，事无不可对人言。”真假是非间！　　多少事，难问古檐前。回首西安能壮举，寻思东岸未思还。谁解个中缘？

（2011年9月）

鹧鸪天·春访禅寺

胜日登临兴自浓，幽闲出入翠微中。南朝古寺僧何在？西岭空林雾几重？　　山歇雨，水生风，游情似与物情同。遥闻钟鼓融禅性，凝目莲池心径通。

（2014年4月）

鹧鸪天·世外桃源即兴

世外桃源一钓蓑，等闲快慢对飞梭。红霞可待昂头迈，皓首犹将随手捋。　　慵饰面，懒清窝，醒时开卷醉时歌。谁人不解刘伶味？但看风波又浪波。

（2014年6月）

点绛唇·云空寄怀

鹰击长空，梦九天揽月穿尘雾。广寒宫里，相伴嫦娥舞。　　放眼银河，莫道无前路。欲擒虎，腰藏玉斧，邀约吴刚顾。

（2014年12月）

鹧鸪天·沧源旅怀

巨幅丹青鬼斧雄，精工点染荡心胸。云林留迹英魂在，崖画传神寓意通。　　司岗里[1]，佤乡中，今时不与往时同。但留山水千秋碧，唤醒清源跃蛰龙。

（2014年12月）

【注】

① 司岗里：系沧源佤族的一个美丽传说，意思是说佤人是从葫芦中出来的。

鹧鸪天·翁丁佤寨

古木参天似佤王，茅庐草舍白云乡。时人不让时光老，山寨犹存山野香。　　经岁月，话沧桑，开门迎客路康庄。牛桩不是无情物，借得灵犀又拓荒。

（2014年12月）

踏莎行·观摩芒团构皮纸传统工艺

书画经年，诗文历久，蔡伦入梦惊回首。一框乳液不寻常，千秋万代君知否？　　岁月无情，精工有授，轻轻巧巧舒红袖。凝眸构树问刚柔，世间风物谁通透？

（2014年12月）

玉楼春·云南临沧步韵赠诗友

有脚阳春量尺寸，祥云巧布龙门阵。宏图舒展日初升，但愿时空传喜信。　　千里沧江流古韵，莫言边寨晴光嫩。望中旧貌换新颜，来往何愁明月尽。

（2014年12月）

鹧鸪天·襄阳即事

华发归来忆旧游，曾经千里赴襄州。虽无阴影凭人说，但有清泉犹自留。　　杯里醉，镜中羞，岘山碑下泪横流。一花五叶常吩咐，花莫轻狂叶莫愁。

（2015年3月）

鹧鸪天·内蒙古科尔沁步韵赠诗友二首

(一)

犹若龙山晤孟嘉，大青沟里放心花。手机情意催诗意，微信天涯转海涯。　　泉爽口，水流沙，树廊林阁散余霞。纵观塞北江南地，胜似秦淮近酒家。

(二)

草色呈祥气自嘉，秋光不老向阳花。但知尘世情无价，莫叹人生路有涯。　　观赛马，问飞沙，晚霞话别赋朝霞。同依李杜苏辛韵，相约梁园胜似家。

（2015年8月）

鹧鸪天·武汉青山公园

闹市桃源放眼量，橙黄橘绿柳丝长。清风清韵清流美，红日红蕉红叶香。　　裁短句，诉衷肠，骚人墨客试评章。新娘更爱青山美，十景三园胜嫁妆。

（2015年11月）

鹧鸪天·访禅寺三首

（一）

松竹寒林拥翠微，名山古刹问清规。莫言酒是消愁剂，但愿诗为养性媒。　　思李白，读王维，闲来有约叩僧扉。虎溪披月闻流响，似悟人间是与非。

（二）

一卷经书不自嗟，空山有月照袈裟。闲吟风物凝禅趣，忙种农桑感物华。　　三岛客，四时花，白云深处若仙家。老来争得居幽静，心底连天拥晚霞。

（三）

佛塔禅房楼外楼，任凭云朵晃悠悠。可怜行客愁红雨　，枉使凡身乱白头。　　风易吼，雪难留，霁光明月自清幽。望中荆棘摇疏影，一点灵犀何处求？

（2016年12月）

鹧鸪天・武汉后官湖湿地公园

何处蛙声一片欢？望中形胜似桃源。低飞野鸭惊芦苇，闲钓游鳞举竹竿。　　云朵白，水天蓝，枫桥又在碧波前。手机剪影传千里，漫寄湖光山色天。

（2017年4月）

鹧鸪天・姊归屈原祠

屈子祠中望大江，流光逝水入胸膛。《离骚》攘诟垂千古，《天问》穷源达四方。　　红日下，绿枝旁，畅吟《橘颂》续新章。龙舟后浪推前浪，壮我诗魂追宋唐。

（2017年5月）

鹧鸪天・上虞东山

借问东山何处雄，是仙是佛是诸公？长空历历飞龙凤，椽笔巍巍列柱峰。　　怀武将，拜文宗，古今望族几人同。不知胜景谁裁出，犹自家风系国风。

（2018年9月）

鹧鸪天·上虞曹娥江畔曹娥庙

名冠曹娥庙入村，向来不绝敬香人。舍身尽孝惊天地，背父浮尸泣鬼神。　　寻古渡，吊芳魂，星移斗转又秋分。千年江水千年泪，一片高粱一片心。

（2018年9月）

鹧鸪天·故乡寄怀

放眼湖天白鹭飞，藕荷无盖藕根肥。欲求灰瓦同休戚，但别红尘远是非。　　明月出，彩云归，门前采菊弄芳菲。残年莫记陈年恨，但饮清醇拥翠微。

（2018年10月）

人月圆·武汉东湖绿道

平湖浪迹山连水，波色浸空濛。无声红叶，有心黄橘，相顾芦丛。　　夕阳如火，彩霞如锦，莫念行踪。但驱迷雾，犹邀明月，更引长风。

（2018年11月）

中调

苏幕遮·知青岁月

晚霞红，杨柳翠。春到人间，宿鸟鸣声脆。一野黄花无所忌。雨霁风和，大地催桃李。　　晓星前，明月里。赤子青眸，犹自追风骥。夜半闻鸡农事累。才学扶犁，又整秧田底。

（1969年4月）

一剪梅·柳絮

柳絮身微莫自嗟。飞向檐牙，寄与桃花。春宵有梦到天涯。一叶云槎，几曲琵琶。　　似雪飘然感物华。明月笼沙，丽水流霞。乌衣巷口夕阳斜。白乳清茶，紫燕新家。

（1984年4月）

苏幕遮·平湖垂钓

晓风清，更雨细。皱面涟漪，极目南湖水。一缕闲情何处寄？千尺丝纶，垂钓烟波里。　　夕阳红，芳草翠。问苦莲心，常叹芬芳累。不吝霓裳轻妩媚。待到金秋，更有新滋味。

（1993年8月）

一剪梅·草木吟

小草青葱远是非。别了风霜，赢了天时。于无声处酿芳菲。着力深根，着意寻思。　　一木生机一木姿。劲竹修身，柔柳舒眉。满园桃李又妍枝。树上增收，树下成蹊。

（1994年4月）

蝶恋花·秋夜即兴

明月繁星凝注睇。一盏书灯，谁解其中味？曾子商歌心不已，寒窗桂影无须寄。　　赢得清香聊自慰。扬子东流，浪迹如经纬。但愿乘风奔老骥，犹将挹水浇兰蕙。

（1994年10月）

渔家傲·寺中即事

夜读禅林思面壁，书中百味由人择。纸上疏狂灯下客，磨翰墨，挥毫点染霜秋色。　　吟扣僧门争桂魄，一窗疏影犹闻笛。枝上无尘清露滴，滋根脉，等闲山野烟如织。

（1995年11月）

渔家傲·问秋

翘首问秋秋不语，艳阳犹照疏疏雨。银桂飘香知几许？经寒暑，孰浓孰淡谁清楚？　　畅饮东湖思故土，漫斟北斗忘归处。红叶银丝无画谱，迎霜曙，等闲时有烟云渡。

（1996年10月）

定风波·春日即事

雾霭茫茫柳眼长，烟波渺渺浪花扬。极目枝头飞鸟早，祈祷，寺钟声里挟馨香。　　借问山乡橙橘好，难老，不愁风雨不愁霜。悟出阴晴圆缺窍，微笑，漫浇芳草任苍黄。

（1997年3月）

蓦山溪·暮春寄思

烟迷碧树，世上多歧路。天地不留春，须懂得、钟情时雨。难言桃李，花落又花开，谁作主？凭风助，犹自垂珠露。　　梦中闻语，红叶枫林处。霜菊送幽香，无甚么、争妍忌妒。玉壶醇液，把酒话桑榆，华发赋。思和靖，但愿和梅住。

（1997年4月）

苏幕遮·秋日寄怀

莫嫌霜，犹慕菊。漫说离怀，自古轻荣禄。白草黄花红叶曲。韵入幽丛，长笛横修竹。　　望层林，言落木。沐浴清风，天地飘芳馥。春去秋来何用卜。仰止高山，华发争明目。

（1997年11月）

渔家傲·咏桂

一木幽香枝色翠，浑身少有骄娇气。红叶题诗难与寄，风光丽，千家万户邀仙桂。　　把酒吴刚宵不寐，骤然来雨寒声碎。寂寞嫦娥垂热泪，谁识昧？望中芳粟传真谛。

（2000年10月）

渔家傲·观荷

映日荷花消溽暑，穿泥莲藕生烟渚。纵有污流身自主，尝清苦，水乡泽国迎风舞。　　无意寒霜残叶浦，等闲野水荒芦渡。直面严冬冰冻土，仍守护，断禾不倒根如故。

（2001年7月）

蝶恋花·游园即兴

举目碧桃初出阁。占尽春光，娇嫩枝头乐。素服红巾邀信鸽，多情许下千金诺。　　无奈行将垂柳折。流水悠悠，自是难留客。遗恨风来花被摘，不堪传语谁消得？

（2002年3月）

洞仙歌·落木

黄昏酷热，又一场秋雨。顷刻天凉去残暑。树林中、耳闻归鸟争鸣，明月下，眼望轻枝漫舞。　　犹知霜叶味，几片初黄，惹得人间妄评语。夏日总遮阳，郁郁葱葱，承担着、千辛万苦。卸冗负、今日得宽余，问落木新颜，白云深处。

（2002年9月）

江城子·霜天述怀

人生岁月话行藏。菊花黄，晚风香。层林尽染，落木照斜阳。借得秋霜磨翰墨，长短句，暑寒窗。　　持觞笑语话衷肠。逝时光，莫思量。玉盘圆缺，多少又何妨。白雪红梅天地净，俭梳妆，任炎凉。

（2002年11月）

蝶恋花·观莲即兴

雨霁荷池花妩媚。天地澄鲜，尽把浮尘洗。野旷馨香杨柳醉，梦魂摇落丝绦泪。　　仰止莲根如梦寐。圣洁清心，不染污泥水。世上风情调百味，何须消得人憔悴！

（2003年7月）

一剪梅·红莲寄语

盛夏平湖一朵红。不恋春风，不畏秋风。但将心血洒苍穹。借问初衷，常慕由衷。　　古寺莲花寓意浓。上劝垂虹，下慰鸣蛩。锡飞近鹤梦魂通。暑也从容，寒也从容。

（2003年8月）

渔家傲·重阳感怀

携手登高思万里，黄花红叶催人醉。欲问茱萸何处寄？思远裔，乡情民俗成追忆。　　煮酒重阳知百味。幽香明月牵衣袂。橘绿橙黄松竹翠，留步履，谁知风色分差异？

（2003年10月）

渔家傲·早春红叶

千里韶光枝滴翠，一枝红叶迎桃李。莫道恋梅脂粉悴，犹陶醉，霜天碧影凌寒味。　　曲径迷踪情满地，欣然归去无留意。化作污泥长尽瘁，知进退，白头华发明真谛。

（2004年3月）

苏幕遮·雨霁即兴

借甘霖，消溽暑。云影轻摇，旷野莲花渡。唤出凉风招喜雨。满目芳颜，荷叶珍珠舞。　　饮馨香，生逸趣。霁色黄昏，相约飞虹渚。碧水清波迎宿鹭。把酒归舟，吟唱闲情赋。

（2004年8月）

蝶恋花·秋光入怀

水碧荷残莲藕壮。金粟飘香，红叶清风爽。劲草连天犹接壤，月中丹桂遥相望。　　云卷云舒高万丈。圆缺阴晴，何必生惆怅。莫道流光难典当，老来自有青藜杖。

（2004年10月）

苏幕遮·持觞寄怀

望长空，舒短臂。寄语流连，漫步烟云外。把酒临风松竹翠。畅饮开怀，莫让心扉闭。　　问桑榆，闻菊桂。无欲蟾蜍，难解江湖累。秋露有情垂热泪。滋润莲花，相约斜阳里。

（2004年10月）

渔家傲·秋市感言

橘绿橙黄风日丽，物华何必追春市。根植荒坡长滴翠，心已遂，无须问取归期未？　　香度人间情味细。一轮明月三秋醉。更喜商机无纸契，忙兄妹，成天网上谈生意。

（2004年11月）

唐多令·黄石海观山

何处望江流？海观山上楼。水难言、千载悠悠。但有落红归此地，犹守望、散花洲。　　渔父写春秋，烟波垂钓钩。鳜鱼肥、无饵无忧。西塞风光飞白鹭，千帆过、傲矶头。

（2005年6月）

渔家傲·秋声即兴

照眼秋光红叶旺，江涵雁影星河上。桂菊双馨风浩荡，蝉声唱，水天一色流奔放。　　樽酒相逢争远望，求田问舍醅佳酿。叶落归根新气象，无须杖，闻鸡起舞心犹壮。

（2005年9月）

苏幕遮·垂钓寄怀

钓闲情，斟逸趣。百尺丝纶，长忆蓑衣雨。浊酒半壶烟半渚。一朵莲花，迎着清风舞。　　莫随波，当自主。落叶幽然，早已心相许。何必题诗空挂肚。欲转冰轮，回到源头处。

（2005年10月）

苏幕遮·霜日感事

晚霞明，寒浪沸。丛菊幽香，赋予秋风味。绿橘黄橙红叶荟。守望芳容，留影如欢会。　　咏襟怀，挥意气。樽酒相逢，拼却千杯醉。羁旅归来犹尽瘁。不改初心，借问何时遂？

（2005年11月）

江城子·从北京到巴黎

时差惹得客难眠。月如弦，夜无喧。红肥绿瘦，一树展华颜。遥望故园升晓曙，山接水，水连天。　　夜来幽梦醉空前。白云边，寸心殚。琴弦古调，万里寄征鞍。更有东风吹碧草，茵满地，不争妍。

（2006年5月）

青玉案·出访旅怀

飞天一日空中路，别春鸟、迎秋鹭。试问东西长几许？莫言烟景，但穿迷雾，　犹自开门户。　　白云有意随缘去，青鸟无愁任风雨。可惜吴刚终日酒。嫌千杯少，喜长袖舞，醉卧仙人渡。

（2006年5月）

唐多令·从圣保罗飞往圣地亚哥

才过碧烟峦，又凌戈壁滩。一霎间、百态千颜。天下奇观谁是主？只可惜、物无言。　　心上涌波澜，浪花千万般。地不毛、却是金山。闻道列强先出手，枪炮出、矿藏还。

（2006年5月）

一剪梅·巴西三国议事亭[1]

三国边河西北流。不见江鸥，难觅渔舟。咖啡树下问丰收。轻转双眸，深究三秋。　　人道当年岁月稠。炮火惊幽，天地生愁。河边亭上主沉浮。前辈眠仇，后代排忧。

（2006年5月）

【注】

① 巴西三国议事亭：系指位于巴拉马与尼瓜苏两河边，巴西、阿根廷、巴拉圭三国交界处，专为当年这三个国家议和所建的一个圆顶建筑物。

定风波·马尔代夫旅怀

红日千年照白沙，黄昏万里沐丹霞。明月清风游人醉，难寐，他乡借火煮新茶。　　小岛如何兴地利？人气，五洲肤色闹繁华。放眼云帆沧海里，争济，浪花奔放向天涯。

（2006年5月）

青玉案·随行考察钟祥柴湖镇

柴湖岁月移民早，但饮水、安全少。泪洒孤坟魂梦杳。走村穿巷，扶贫访老，江汉寻飞鸟。　　村前寄语乌纱帽，浊水何能几时了？往事如烟肥乱草。运筹帷幄，清除荒道，但愿人长笑。

（2006年8月）

苏幕遮·春酌即兴

水波欢，思绪远。柳眼睁开，又是春光返。一野黄花香味软。风物新颜，曼舞堂前燕。　　饮亭长，华发短。明月幽清，倩影无深浅。聊慰壶中天地暖。邂逅相逢，但愿人康健。

（2006年3月）

一剪梅·油菜花

一野黄花油菜香。看也寻常，食也寻常。孰浓孰淡问厨房。多点何妨，少点何妨。　　不吝春风送绿杨。相伴情长，相忆情长。等闲惜别雨茫茫。物有思量，人有思量。

（2006年4月）

苏幕遮·泛舟感怀

万重山，千条水。雾色茫茫，注目烟波里。一朵芙蓉经洗礼。试问垂纶，谁解其中味？　泛轻舟，辞闹市。激起涟漪，犹是牵衣袂。素影相逢无素昧。莲藕襟怀，自是催陶醉。

（2006年8月）

一剪梅·海外度重阳

万里行程客路长。寒叶苍黄，华发疏狂。西餐把酒对冰霜。远渡汪洋，欢度重阳。　异域难寻秋菊香。白雪茫茫，红果煌煌。楼船海上搏沧浪。月下词章，心上家乡。

（2006年10月）

苏幕遮·俄罗斯踏雪即兴

雪花天，山水地。异域离怀，景色催人醉。白桦银装犹注睇。万态千姿，胜似冰雕会。　问枯荣，思讳忌。料峭严寒，冷落枝头髻。但愿霁光随步起。邂逅相逢，邀约风云际。

（2006年10月）

渔家傲·瑞典旅怀

遍地玉尘天色霁，他乡落木枫林丽。把酒余霞身是寄。霜叶醉，山青水碧调元气。　　红果有心枝有泪，白云无语宵无寐。试比东西情未已。沧海沸，涛声传语乘风济。

（2006年11月）

渔家傲·回故里

昨日芬芳今日老，霜天底下眠芳草。唯有芙蓉香未了，流光悄，庭槐兴叹风吹帽。　　菊尽荷残身不倒，天寒地冻棉犹傲。寄语斜阳留晚照，烧炉灶，相逢樽酒堂前闹。

（2006年12月）

定风波·飞花

一路春光绿映红，风情物绪越时空。但愿缤纷容我劝，留盼，和颜悦色梦魂通。　　仙女散花情未断，香软，甘肥沃土任消融。多少芬芳还宿愿，堪叹！飞天落地向幽丛。

（2007年4月）

蝶恋花·清明即事

春意盎然寒气歇。山野风情，又是清明节。千载贤愚终有别，九泉把酒从头越。　　尽说浮名身外物。何事销魂？惹得红尘热。梦里昙花君莫折，雄鸡啼落枝头月。

（2007年4月）

一剪梅·江西考察感怀

人杰地灵多桂冠。红色摇篮，绿色家园。风华物宝尽开颜。京九开篇，昌九新篇[①]。　　极目长空挂玉盘。才泊归帆，又上征鞍。顺民顺势顺苍天。既要金山，更要青山。

（2007年4月）

【注】

① 京九与昌九：分别指京九铁路与昌九高速公路。

渔家傲·伊斯坦布尔旅怀

一峡幽蓝天接水，千帆搏击烟波里。两岸群山如史记，追往事，丝绸古道垂青史。　　争得行情无所忌，劈开骇浪鲨鱼溃。沐雨栉风身似寄，酸甜泪，世人谁解经商味！

（2007年5月）

行香子·谷城承恩寺

宝殿三间，古木群山。响铜钟、佛寺安然。灵泉润物，名桂遮天。又话神奇，问神秘，觅神仙。　　清心革面，寡欲开颜。思往事、杯渡知源。虎溪相送，衣钵传言。但路随意，安随遇，事随缘。

（2007年7月）

风入松·浠水三角山即兴

枝头月色碧连天，消暑白云边。夜阑凉爽身无汗，似寻梦、庾信园前。翠竹虚怀迎客，清泉宁静思源。　　一泓溪水寄甘甜，有韵却无言。入怀不堕多情泪，犹知晓、点滴心连。直面阴晴圆缺，等闲雨辣风酸。

（2007年8月）

苏幕遮·鄂州梁子岛即事

凤凰台，梁子岛。物是人非，雨霁湖光渺。长叹贪泉侵碧草。明镜高悬，尽把尘埃照。　　笑红莲，愁乱藻。试问昙花，世事知多少？岁月无情华发早。羁旅归来，莼菜鲈鱼妙。

（2007年8月）

苏幕遮・恩施玉露茶

富硒茶，浓雾岭。雪乳香浮，玉露浇心径。碧绿茶园云水净。古艺名牌，遍地新风劲。　　别粗禾，裁美景。陆羽魂归，惊叹临仙境。往事如烟催自省。百里清江，不可污明镜。

（2007年9月）

蝶恋花・秋风寄语

时雨催凉消溽暑。遥望层林，畅想遮阴树。借得秋风酬减负，争将余冗长裁去。　　落木无忧身自主。丹桂飘香，疏影嫦娥舞。赏菊登高逢旧雨，脱巾漉酒情如故。

（2007年10月）

一剪梅・重阳即事

落木枝红枕簟凉。才别端阳，又度重阳。莲花谢了菊花黄。酣饮春江，深悟秋霜。　　旧雨常来问故乡。田野风光，瓦屋时光。蟾宫美酒醉吴刚。莫笑冯唐，但慕云长。

（2007年10月）

苏幕遮·重阳节

菊簪黄，兰佩紫。时节重阳，仍有缤纷味。明月彩云枫叶坠。落木悠然，不堕流连泪。　　鸟双飞，人独倚。烟渚莲蕖，莫让清心累。杨柳无言捐绿翠。老酒新狂，酣卧长亭醉。

（2007年10月）

苏幕遮·重阳郊游

邵平瓜，陶令菊。水色山光，田叟农家屋。一片平林生翠竹。素影依依，明月清溪曲。　　上烟峦，明醒目。落帽开颜，重九犹欢局。畅饮花茶香馥郁。驻足凝眸，含笑高枝秃。

（2007年10月）

江城子·旅途逢故人

流年岁月对沧桑。太匆忙，却难忘。油灯萤火，刺股又悬梁。牛角挂书通绛帐，明事理，诉衷肠。　　梦中把酒欲还乡。忆书窗，醉疏狂。清风红叶，放眼菊花黄。多彩枝头归鸟语，逢邂逅，话重阳。

（2007年10月）

江城子·旅途话别

人生有约话中庸。忆相逢，却匆匆。谁解青衿，常记学三冬。桃李无言蹊自远，连巷陌，达苍穹。　　今宵把酒月融融。望蟾宫，桂魂通。一点灵犀，酣卧醉颜红。但共婵娟千万里，披北斗，借东风。

（2008年2月）

江城子·玉兰观感

孤芳无语放心开。望瑶台，远尘埃。唐昌花蕊，冰雪酿襟怀。玉佩翻飞莺语脆，嘲斗艳，叹分钗。　　东君咋作此安排？费神猜，问桑槐。世间风物，是否自蓬莱？但愿枝头睁柳眼，观气象，报书斋。

（2008年3月）

行香子·黄石东方山即事

山水芳浓，松竹枝荣，望天地、寄语飞鸿。畅吟春夏，莫怨秋冬。话朝阳美，午阳暖，夕阳红。　　世间经典，佛寺禅宗，问霄汉、何以相通？菩提有意，形影无踪。愿寒来暖，旱来雨，暑来风。

（2008年4月）

青玉案·阳新率州怀旧

似曾相识芙蓉浦，更熟悉、来时路。追梦鲁班常沐雨，匠心绳墨，锯刨刀斧，岁月牵肠肚。　　夕阳犹引莺啼序，借得流霞作诗句。莫问年华都几许？数池莲藕，几株枯木，一野青禾舞。

（2008年8月）

苏幕遮·山寺即兴

隐晨星，明曙色。一缕炉香，大殿催飞锡。树姓菩提人姓释。细品禅机，名利无声息。　　涌林泉，鸣石壁。披着朝霞，山径迎来客。世事悠悠何所觅？岭上浮云，自是飘南北。

（2008年9月）

苏幕遮·秋日感怀

叶无声，风有信。多彩秋光，犹有花枝嫩。吊麦伤桃空自问。可惜刘郎，不解思归隐。　　木虽残，情未尽。一快披襟，莫道繁霜鬓。二满三平闻古训。杜甫骑驴，惆怅青云韵。

（2008年9月）

渔家傲·秋思

去暑还凉思太极，秋来始觉金梭急。银桂飘香垂玉粟，枝叶碧，一同相伴芦花白。　闻取往来嗟过客，劝君深入芙蓉国。挺拔枯荷根不蚀，持清逸，于无声处身犹立。

（2008年9月）

一剪梅·美人蕉

一片红蕉靓一方。借得繁霜，化就浓妆。素商时节嫁新娘。内有柔肠，外有端庄。　橘绿橙黄蜜月长。情寄鸳鸯，爱沁心房。夜阑明月费思量。莫吝春芳，但惜秋光。

（2008年10月）

一剪梅·清秋感怀

一叶红颜韵未休。身影温柔，情意绸缪。引来时雨润金秋。步入书楼，爽入心头。　曲径澄清霁色幽。借问缘由，畅道缘投。灵犀一点问犀牛。但愿添筹，切莫添愁。

（2008年10月）

行香子·秋日寄思

玉宇深林，银杏华妆。沐流霞，阅尽秋光。满园芳菊，遍野轻霜。话青枝躁，繁枝累，落枝慷。　　但求心暖，莫畏风凉。饮清醇，酣醉寻常。轮回往复，岁月思量。梦昙花谢，棉花白，稻花香。

（2008年11月）

苏幕遮·斐济旅怀

太平洋，生态岛。沦海茫茫，世事休烦恼。赤足闲心颜面笑。惯看波涛，随遇而安好。　　夜风清，明月皎。旅梦乡魂，总是连寅卯。半醒方知天欲晓。斯处无忧，犹自身难老。

（2008年12月）

行香子·山中客舍

轻雾笼溪，浅水浮槎。看云起、山里喧哗。林中落叶，枝上飞花。喜午生风，晚来雨，晓鸣蛙。　　新朋把酒，旧友分茶。等闲那、晚照西斜。但言秋实，莫恋春华。自眼观天，身立地，梦思家。

（2009年4月）

苏幕遮·南宁荔园山庄

望天鹅，呼孔雀。翠色涟漪，碧水凭鱼跃。莲藕空心持淡泊。绿叶红花，从不争强弱。　　梦菩提，闻正觉。传语清和，莫负人间约。千树荔枝情质朴。蝴蝶来回，身影连阡陌。

（2009年5月）

一剪梅·山西五台山

日出东台圣境天。月别西峰，花发南山。梦中飞雪北巅欢。六出寻常，三昧澄鲜。　　独立中台问佛缘。思入禅房，情注蒲团。空门举步溯渊源。眼下盘香，心上盘旋。

（2009年9月）

苏幕遮·赴台感怀

跨江河，穿海峡。万里波涛，望处追融合。紫燕来回如信鸽。岁月更新，屈指年花甲。　　管弦鸣，音韵押。一往情深，又启心头闸。忠恕仁和传笔札。同拜儒宗，共创千秋业。

（2011年6月）

行香子·鱼乡旅怀

百里湖乡，万口鱼塘。水天清、照眼风光。商天劲旅，原野熙阳。正走新路，创新业，换新装。　迎来旧友，开启陈缸。故人问、致富良方。佳肴味美，巧手情长。有鲶鱼烩，鳝鱼煲，甲鱼汤。

（2013年5月）

一剪梅·沙洋油菜花

大地流金油菜黄。妆点时光，扮靓沙洋。荆山汉水闹新房。物有新妆，调有新腔。　欲把芬芳寄四方。追梦人忙，圆梦情长。春雷一响诉衷肠。酿酒端阳，煮酒重阳。

（2014年3月）

行香子·云南临沧旅怀

欲问东君，何以南巡？访临沧、尽解迷津。万枝流彩，四季逢春。见边城美，水城秀，绿城新。　红茶一盏，白酒千樽。狂欢节、摸黑传神[①]。桃花源里，论古谈今。赋彝乡锦，傣乡舞，佤乡珍。

（2014年12月）

【注】

① 摸黑：系临沧佤族狂欢节时的一个传统习俗。

一剪梅·武汉东湖绿道

心上无秋休酒浇。丹桂香飘，黄菊妖娆。落霞归雁两逍遥。湖水清波，杨柳柔绦。　皓月当空景自韶。眼望明朝，身倚今宵。梦中常过霸陵桥。欲对长庚，畅咏奔涛。

（2018年11月）

长调

水调歌头·上山下乡

搔首问师者，高考几时归？学农学艺伊始，寄语问尊卑。风绿山山水水，情寄乡乡里里，野阔稻田肥。茧手点炉火，寸草报春晖。　　五车书，三冬学，莫伤悲。初生牛犊，狂渡书海片帆飞。怅望天南地北，独悟升堂入室，酣卧梦魂催。几叠图文稿，付梓泪花垂。

（1971年3月）

满江红·人生旅怀

回首行踪，过沟坎、难留风色。自观赏，枝繁花谢，叶红霜白。天下澄鲜河汉静，世间正觉身心洁。多少事，若是入清波，全消歇。　　思伏枥，言面壁。休罢卷，常挥笔。问飞虹落照，可怜孤寂。饮得甘泉消旧虑，迎来时雨生新碧。邀明月，把老酒浇怀，随圆缺。

（1997年11月）

念奴娇·立秋即事

立秋时节，正幽然入世，有谁知觉？放眼平湖红菡萏，暑去波摇山岳。雨歇黄昏，虹侵碧水，枝上频飞鹊。清风送爽，翠薇萦绕城廓。　　樟木几叶初红，塔松依旧，薄翠常依托。芳草青葱铺大地，裁就驱寒衣着。守望长空，寻思明月，何以垂烟幕。白头灯下，夜阑开卷思索。

（1998年8月）

满庭芳·中秋寄怀

漫地红蕉，满枝金粟，玉盘轻转如梭。大江东去，携蜀韵吴歌。畅想生涯往事，忽回首、未敢消磨。平湖上，星空浸水，杨柳舞婆娑。　　融和。邀旧雨，同斟万盏，共挹千河。愿留住斜阳，垂钓烟波。夜静灯前罢卷，倚高枕、梦别南柯。思今古，竿头百尺，岁月莫蹉跎。

（1998年10月）

水调歌头·旅途即兴

花卉浇诚意，杨柳插无心。人生短旅如梦，恰似入丛林。望去炊烟在目，路转溪桥却远，谁识碧云深？大泽生灵气，化作旱天霖。　　飞鸟噪，残荷立，白头吟。世间行客，相逢旧雨半壶斟。悟透春华秋实，读懂冬寒夏暑，甘露沐胸襟。待到归来日，双鬓傲霜侵。

（1998年12月）

念奴娇·只身寄怀

畅怀孤独，望一枝红叶，一轮明月。抑或白云飞紫气，快意疏狂华发。山上扶琴，湖边把酒，杨柳空中拂。东篱芳菊，感知甘露亲切。　　枯草难老霜根，俯身平地，如是方通达。春去秋来生次第，何许追提挈。落木临风，衰颜入镜，莫道寒身怯。仰观霄汉，笑迎春雨冬雪。

（1999年11月）

满江红·冬草

冬草青青，三九里、满园春色。明月下、可怜疏影，尽蒙枯寂。遍地星罗光若水，漫天云气烟如织。问世间，过客见芳姿，谁相识？　　尝玉露，容乱石。忘苦涩，思甜蜜。见冰封万里，坦然宣秘。白雪如今犹沃土，绿身依旧无尘迹。愿东风，唤醒众荒芜，连天碧。

（2000年元月）

水调歌头·梦游山乡

林密鸟巢小，山峻马群空。白云深处芳草，放牧对苍穹。头上星光灿烂，眼下烟波浪漫，曲径隐幽丛。云涌变风色，雨霁约长虹。　　斩荆棘，除野蕨，望奇松。往来仙子，灵气千里有无中。花落花开无语，云卷云舒有主，来去总匆匆。飞瀑悬明镜，落照辨雌雄。

（2001年9月）

水调歌头·迎春遐想

瑞雪渐飘去，紫燕始飞还。碧桃一花先放，万木竞争妍。高柳欢呼新叶，芳草欣逢旧雨，春色满人间。极目八方景，恰似一生缘。　　吟黄鹤，赋鹦鹉，白云边。冰轮漫转，风物和畅自安然。见识花开花落，问道枝肥枝瘦，但愿上东山。梦里闻丝竹，华发尽开颜。

（2002年3月）

满庭芳·回故乡

午日炎阳，方田平野，望去烟景葱葱。稻香千里，杨柳绿阴浓。但愿粗禾实穗，储仓满、喜在心中。农家乐，煮茶烧酒，寄语谢东风。　　匆匆！人道是，春秋有异，岁月相同。问天下耕耘，念及芙蓉。陋室蓬窗灯火，常知足、其味无穷。来时路，等闲风雨，留影夕阳红。

（2002年8月）

念奴娇·咏梅

可怜争艳，愿凌寒独放，冰为肌骨。借问寒梅何处住？相伴霜风明月。香度黄昏，影摇清浅，魂梦追风蝶。疏疏密密，任凭天上飞雪。　　玉笛三弄舒眉，世间春早，芳草知时节。洗尽铅华尘不染，见识幽姿奇绝。坠似骚人，飘如迁客，千古吟高洁。喜沾衣袖，暗香犹自怡悦。

（2003年2月）

满江红·黄鹤楼

雄踞龟蛇，遥相望、东西赤壁。吟迁客、白云黄鹤，千年情结。玉笛梅花罗隐醉，孤帆远影王维别。忆往昔、折柳送知音，长亭歇。　　东坡赋，黄州雪。崔颢句，矶头月。听史诗谈笑，世间风物。鹦鹉洲头留胜迹，汉阳树上生华发。江天阔、扬子载春秋，思人杰。

（2003年5月）

念奴娇·春问良莠

绿杨芳草，叹春风无奈，是非难择。时雨不分良与莠，给了一般颜色。激浊扬清，浇桃斩棘，仰止梅松柏。芝兰修竹，恰如君子人格。　　欲问明月澄光，世间何物，能比无瑕璧？十美十全千古事，却是梦中寻觅。矮纸斜行，明窗细乳，恍惚闻琴瑟。滥竽充数，怎容南郭吹笛！

（2004年3月）

念奴娇·秋日偶怀

远山风色，见层林尽染，尽妆华发。橘绿橙黄三百里，邀约殷勤红叶。目送烟霞，鸡鸣草径，恰似从头越。悠然闲趣，净心生就风骨。　　堪慰灯下流年，孤光自照，总抬头追月。寂寞对天肝胆壮，欲问苍穹空阔。仙桂飘香，嫦娥舞袖，玉宇酬宾客。夜阑开卷，幸然争得评说。

（2004年11月）

念奴娇·竹林

茂林修竹，对云天万里，可怜风色。不屑追随花吐艳，但傲四时澄碧。高节虚怀，深根净土，挺拔凌空立。迎来飞鸟，等闲山野孤寂。　　三九三伏从容，赓酬春雨，抽笋千钧力。嫩箭殷勤频解箨，感动骚人画客。庾信园中，板桥诗里，隐约闻长笛。举杯邀月，七贤潇洒人格。

（2005年4月）

满江红·三峡

高坝平湖，神女问、有何惊觉？明月照、一江灯火，万杯斟酌。往昔行人流血泪，而今流水携弦乐。观栈道、天堑变通途，连阡陌。　　擂梆鼓，吹号角。三峡吼，千军跃。见江流截断，运筹帷幄。千卷丝纶书梦想，百年岁月谋方略。宏图起、铁塔沐朝霞，从头越。

（2005年5月）

水调歌头·渔港观感

驻足放青眼，感叹打鱼人。轻帆竞发离港，水调唤精神。何惧波高风急，犹有云舒雾息，霁色日氤氲。浪迹三千里，出没一孤身。　　航舵静，机声响，别风尘。长天秋水，迎来收网跃欢欣。不道江湖暖冷，不计浮生苦短，谁与比胸襟？薄暮寻归处，邀月共清樽。

（2005年10月）

念奴娇·旅途寄怀

凭栏凝目，望灯红酒绿，一时欢悦。悟透古今千万事，惟有冰心澄澈。开卷窗前，挥毫纸上，翰墨无忧郁。子陵耕钓，富春山上风物。　　修竹相伴修身，枯滕老树，嫩绿春犹发。落木飞花何处去？守护寒身霜骨。三伏芙蓉，三秋桂子，更喜三冬雪。玉梅无语，暗香遥寄明月。

（2005年12月）

沁园春·苏州行

胜日姑苏，燕飞鸾翔，登陟塔楼。看古城新貌，名园翠色；小桥流水，曲径通幽。美酒千杯，佳肴万点，把盏枫桥往事悠。钟声落，梦轻舟夜泊，感悟沉浮。　　但求无憾心头，笑云卷云舒岁月稠。赏灵岩秀美，虎丘雄俊；乡情短笛，诗意方舟。喜醉人间，清风明月，倩影涟漪入桨柔。光阴急，问南来北往，莫愧春秋。

（2006年3月）

满江红·圣地亚哥观光

异域秋光，初阳冷，午阳衣薄。山腰处，云遮林掩，朱门楼阁。碧瓦华堂身外物，白云素练心中鹤。数十年，千万莫言愁，伤知觉。　　芳草地，黄叶落。尘世里，分清浊。历春秋冬夏，细微斟酌。岁月难无霪雨季，人生总有悠闲约。问华发，何日饮长亭，邀河岳。

（2006年5月）

满江红·斯里兰卡巧逢月圆日[1]

火树银花，人潮涌、琳琅满目。明月照、戏台楼阁，异乡风俗。菩萨善言谋福祉，苍生聊慰知荣辱。但社稷、同室又操戈，羞神木[2]。　　堆怨恨，人泣哭。休龌龊，情归宿。纵经书万卷，却无心读。猛虎何缘兴战乱，雄狮哪悔伤和睦[3]。劝南北、唱一曲禅宗，同占卜。

（2006年5月）

【注】

① 月圆日：系佛教最重要的节日之一。2006 年是第 2550 个佛诞之年。

② 同室又操戈：系指斯里兰卡僧伽罗族（主要居住在北方）与泰米尔族（主要居住在南方）的内战。

③ 猛虎与雄狮分别是泰米尔族与僧伽罗族的象征。

沁园春·利川鄂西旅游工作会

千里清江，回首思源，梦绕丽川。问盐阳神女，廪君巴氏，昔时传说，今日桑田。夷水风情，武陵歌韵，一洞腾龙直上天。携明月，酿土家美酒，劲舞空前。　　云涛万里争先，又紫气东来助俊贤。正架桥开路，兴州立业，认知民俗，运作机缘。白虎雄姿，青山倩影，未许人间仙景闲。宏图展，唤五洲诗客，共赋华年。

（2006年6月）

念奴娇·安徽古村

旧时村落，似桃花源里，丝绦轻拂。古木参天莲叶碧，泉水绕园鲜活。商海茫茫，银光闪闪，回首烟波阔。庭堂儒雅，畅谈徽派衣钵。　　白壁青瓦悠悠，马龙车水，不改溪流洁。汗水浇开花万朵，调色阴晴圆缺。开卷为先，推诚至上，梦里追贤哲。举头遥望，一轮西递山月。

（2006年7月）

声声慢·夏日观荷

清清白白，郁郁葱葱，浓浓淡淡密密。暑日风轻波皱，水天芳色。为何不娶不嫁？莫乱猜、古今骚客。立浅渚，酿禅心，恰是夏秋佳择。　　守望千山苍碧。曾记否？枝头旧时相识。淑女痴男，底事断肠阡陌。谁知并莲韵味？笑丹青、纸中弄墨。闻鸟语，有道是情在泽国。

（2006年7月）

念奴娇·飞越蒙古草原

梦游何处？越长空万里，白云明月。遥想胡笳吹汉塞，融入中原风物。铁马金戈，忠魂赤子，威武终难决。时光不老，尽收天下热血。　　振翅酣畅银河，欲浇仙桂，闻道嫦娥噎。寂寞广寒宫里树，未必能生高洁。俯瞰人间，仰观云海，华发思红叶。冰心相许，玉壶斟酌风雪。

（2006年10月）

高阳台·莫斯科大学观景台

远客寻思，高台极目，满城落木初冬。惆怅凄然，寒流不悯霜枫。冰肌玉骨身腰折，更不堪、料峭狂风。毁根基，遍地枯黄，难有青葱。　　故人遥望昆仑月，叹时光悄悄，足迹匆匆。纵览沧桑，传书青鸟从容。谁知多彩虹桥处？昔河西、今又河东。但留言，世上飞鹰，天下腾龙。

（2006年10月）

念奴娇·芬兰北极村

异乡林海，举头望、银汉云涛澄彻。极地风光，炉火旺、华发疏狂对月。万里冰天，千峰玉顶，注目犹开阔。他乡逐鹿，蓦然陶醉琼洁。　　凝目红果花容，等闲孤寂，烂漫经磨折。妩媚妖娆寻自静，春夏秋冬愉悦。古往今来，寒梅芳蕊，自恁凭霜雪。问询烟景，个中多少情结？

（2006年10月）

念奴娇·芬兰旅怀

他乡风色，数多情绿草，无忧黄叶。昼短夜长人气贵，尽得霜天明月。海上波涛，教堂经典，何以传衣钵？一尊雕塑，奈何容忍掠夺！　　远客欲问缘由，东方身手，难解西方结。异域凝思催梦醒，惟见寒烟空阔。万木银妆，千河素练，望尽天飞雪。极光奇彩，不知源自何物？

（2006年10月）

满江红·重阳观菊

岁岁重阳，今又是、菊花时节。霜日里、沸腾人意，笑谈风物。茅屋牧童生稚趣，竹篱翁妪凝情结。小桥边、极目望云山，胸襟阔。　　苍山染，金秋叶。华发啸，银河月。念尘缘短旅，几多消歇？五彩缤纷甘与苦，四时佳韵梅和雪。卧牛前、都市带乡村，同欢悦。

（2006年11月）

念奴娇·元宵瑞雪

玉尘飘舞，驾长空万里，送来春色。遍地银妆杨柳拂，冷浸丝绦新碧。旷野澄鲜，流光异彩，极目枝头白。红装素裹，八方鞭炮不息。　　酣醉聊发疏狂，梦魂飞远，玉兔邀宾客。欲问广寒宫内事，试比中秋元夕。月桂雍容，雪梅风骨，却是情如织。良缘天合，又裁修竹横笛。

（2007年3月）

翠楼吟·黄梅四祖寺

旭日东升，红霞万朵，长江一条金带。双峰缘正觉，有葱翠竹林云海。禅宗风采。问梦幻千年，菩提何在？清心处，藕荷无染，不分高矮。　　长慨！天下春秋，话古今人事，壮心难改。众生谁普度？望宝殿高悬三戒。名僧谈谑，叹慧义传灯，如斯根脉。烟凝黛，小溪灵润，碧流山外！

（2007年4月）

满江红·九华山

九子灵山，人道是、莲花佛国。言放鹤、虎溪相送，古今飞锡。渡海离乡乔觉戒，弃荣茹苦神光煜①。肉身殿、数世上奇观，天台立。　　拜地藏，松竹泣。思应物，僧凡笔。问禅林几许？读诗明德。南界俯窥江影出，东岩坐待云霞入。仰杜牧②、胜地结尘缘，仁心碧。

（2007年4月）

【注】

① 乔觉戒与神光煜：系指九华开山祖师，即被奉为神僧的“九华老爷”地藏菩萨金乔觉的肉身就放在神光岭之上的石塔中供奉。

② 杜牧：著名诗人杜牧曾经出任九华山所在的池州刺史。

绮罗香·寄语阳春红叶

百里青山，千湖碧水，谁解阳春红叶？不屑争妍，冷暖早生情结。恰是岸、惬意低飞；正有路、超然飘达。问芳草、三九相逢，几多风雨几多雪？　　闲庭归鸟喧闹，邀约开怀把酒，疏狂华发。矮纸斜行，寄与故人同悦。腾白云、无虑阴晴；鸣黄鹤、等闲圆缺。平林静，玉笛乘风，漫天扬气节。

（2007年4月）

满江红·黄石西塞山

邀约矶头，寻白鹭、举头凝目。曾道是、散花洲外，片帆孤独。思绪浮沉樯影渺，梦魂摇曳风声速。换衣帽、垂钓鳜鱼肥，随乡俗。　　故乡调，渔父曲。情激荡，心归宿。问烟波明月，古今南北。蕲水西流连远近，大江东去扬清浊。世间事、何以有兴衰？须追逐！

（2007年5月）

满庭芳·伊斯坦布尔旅怀

异域观光，他乡揽胜，长桥欧亚相连。海天风色，满目碧如蓝。遍地枝繁叶茂，晚霞染、两岸青山。夕阳下，陟高昂首，远客独凭栏。　　无言。思往事，丝绸古道，景泰新颜。问千年宫殿，万宝渊源。经世梧桐树上，难忘却、险隘雄关。凭谁问？东西融合，多彩酿多元。

（2007年5月）

玉漏迟·土耳其埃菲索斯古城

古城遗址考。他乡问及，往时多少。南北东西，世事却相萦绕。基督先期发迹，后来拜、伊斯兰教。天地阔，精雕尚在，有谁长啸？　　遥想胜景当年，异域正繁华，海风春早。岁月无情，断壁幸知神庙。山势高台看舞，更曾有、婆娑花俏。人祷告、何念可除烦恼？

（2007年5月）

念奴娇·随行考察荆州四湖流域

午阳高照，见晴空万里，暑天风色。玉鉴琼田经岁月，难得旧时澄碧。草木笼愁，河渠吞影，候鸟无踪迹。一方生计，醒来天下问责！　　遥想如梦年华，鱼翔浅底，曾饮甘甜蜜。有愧莲藕侵浊水，谁敢妄言资格？往日兰舟，今时铁马，来去匆匆客。问牛荆楚，白云黄鹤鸣笛！

（2007年7月）

满庭芳·拜访佛教大师

霞染东湖，鹭飞西塞，碧野垂钓青莲。出家人样，杯渡载慈颜。历古常新奕业，形神聚、白马当先。禅师语，菩提慧义，觉净正方圆。　　随缘。弘佛法，真如故子，衣钵渊源。念三学传灯，教化开坛。深究契机契理，十年梦、荆楚名山。挥僧笔，古来今往，天下问灵泉。

（2007年9月）

念奴娇·银川沙湖

贺兰山下，见初秋塞北，江南风物。郁郁葱葱杨柳色，映日荷花莲叶。万亩芦花，一群鸥鹭，放眼沙湖阔。壮观奇地，异乡新客欢悦。　　碧浪暑气澄清，骄阳似火，午梦思琼洁。出入污泥身不染，笑洒一生情结。击水飞舟，凭栏把酒，只手携明月。夜来天问，玉盘何许圆缺！

（2007年9月）

满庭芳·鄂州梁子岛

碧水风清，苍松石冷，暮色霜叶纷纷。牧牛归路，飞鸟噪黄昏。凝目荷池残秆，泥底下、不朽莲根。湖堤岸，可人杨柳，轻舞逐香尘。　　耕耘。方桌上，粗茶淡饭，老酒陶樽。望天上婵娟，月下销魂。枫木枝头烂漫，又唤起、秋日精神。天连地，一湖鸥鹭，振翅上青云。

（2007年11月）

满庭芳·旅途怀旧

醉后清风，醒来明月，梦中酣畅还乡。满园桃李，今古唱刘郎。遥想当年往事，十日饮，农舍梅香；五更起，工棚灯亮，俯仰对苍黄。　　冰霜。清如玉，凡心浩叹，飞雪疏狂。喜漫天澄澈，遍地安详。豆蔻年华渐去，却催我、岁月难忘。抬望眼，蟾宫煮酒，仙桂洒芬芳。

（2007年12月）

水调歌头·巡察荆门漳河水库

守望护葱郁，岁月忆峥嵘。红蕉随处怡目，暑尽午风清。借得轻舟采样，问取周边境况，放眼自由行。小草生惆怅，大雁寄叮咛。　　荆山石，漳河水，碧波情。琼田万顷，浮光疏影舞云屏。今日平湖浪静，往昔长堤人沸，犹有万千声。天地钟灵秀，莫绝警钟鸣！

（2008年8月）

满江红·重阳感怀

重九登高，凭栏望、虚怀揽物。冰轮转、层林新染，一枝红叶。丛菊飘香疏影俏，莲荷脱帽琼根洁。喜相逢、仔细看茱萸，心头悦。　　辞闹市，凝情结。观落木，存名节。问东篱风韵，夕阳如血。紫绶凌霜颜面暖，白衣送酒肝肠热。愿添筹、举步上南山，追圆月。

（2008年10月）

满江红·丹江水库

大坝横空，抬远目、两江归一。凭谁问、均州旧址，古城消息。草色山光疑有憾，云图木影终无惑。叹世美、自古泣冤魂，难清白。　　望金顶，思太极。言玉宇，穿南北。见天飞白鹭，山栽黄橘。雨润繁枝三夏茂，风腾细浪千秋碧。愿长渠、万里系源头，连珠璧。

（2008年11月）

念奴娇·悉尼港湾

悉尼桥上，见塔楼林立，古榕葱郁。漫话当年流放地，彰显东西差别。库克迟来，郑和先到，常叹空闻捷[①]。青山蓝水，举头沧海辽阔。　　夜幕携侣同游，传奇剧院，贝壳风帆绝。笑纳涛声凝远目，灯火高低明灭。圣诞歌谣，异乡情调，万里思华发。梦萦荆楚，白云黄鹤圆月。

（2008年12月）

【注】

① “库克迟来”三句：库克即英国最早发现澳洲这块新大陆的船长；而郑和率船队下西洋发现澳洲新大陆的时间比英国库克早很多。

念奴娇·澳洲黄金海岸

黄金海岸，见长空万里，水天相接。四十年前存旧照，寂寞芳枝青叶。袋鼠销魂，塔楼萦梦，笑谈欢悦眉睫。而今新貌，引来难遇难别。　　人自南北东西，八方肤色，莫论谁优劣。各领风骚争造化，漫洒一腔心血。足迹疏狂，沙滩细软，白浪浑如雪。悠然鸥鹭，又披明月凝洁。

（2008年12月）

念奴娇·澳大利亚旅怀

欣逢圣诞，正飞天过海，俯观行色。远足流连芳草地，浩叹自然无失。人卧平芜，鸟鸣高树，灯火繁枝碧。晚云归去，玉盘同照南北。　　听解袋鼠鸸鹋，国徽图案，寓意催求索。一往无前何用歇，莫畏悬崖危壁。午夜凉风，凌晨清曙，岛上生红日。梦中千里，故园飞雪琼白。

（2008年12月）

念奴娇·斐济南迪一日游

金银岛上，有八方情调，五洲肤色。远眺峰峦轻雾里，可惜烟云孤寂。蔽日浓阴，惊涛劲橹，寄语清凉国。他乡浩叹，太平洋外来客。　　高树绿叶红花，平林吐艳，浪涌珊瑚白。异地相逢天下小，漫话东西南北。仰卧沙滩，潜游海底，无虑生闲逸。午时来梦，故园梅雪飞笛。

（2008年12月）

水调歌头·桂林夜游

急桨水中舞，皓月浪头翻。湖光涌动风色，尽在两眉间。莫恋琼田烟渚，但唤轻舟归去，凝睇对漪涟。随处明灯火，遍地响琴弦。　望杨柳，飞乱絮，笑愚顽。壮怀霜染华发，但愿住南山。拥抱东方晓曙，守望西楼玉兔，旅梦入乡关。碗里鲈鱼美，身上寸心欢。

（2009年3月）

满江红·桂林旅怀

叠彩山头，抬远目、一城春色。芦笛画、石林钟乳，美工神笔。象鼻截流江有景，骆驼望月云无迹。任思量、尽兴赋桃花，波澄碧。　诗索句，魂梦织。莺啼树，芬芳溢。问八方来客，性灵何及？往日风情纨扇掩，今宵景物荧屏述。料蟾宫、应是悔嫦娥，伤孤寂。

（2009年3月）

水调歌头·武当山

灵秀汉江水，神秘武当山。登高放眼金顶，风物尽开颜。感叹峰林共碧，感悟天人合一，道法入心间。回首万千象，太极两仪圆。　读诸子，思经典，自难眠。峥嵘岁月，谁解宫观又参禅？时有春秋冬夏，枝有枯荣高下，烟景甚斑斓。借问何为贵，寄语问尘缘。

（2009年6月）

满江红·橘子洲头

橘子洲头，抬望眼、远山红叶。思岳麓、千年书院，几经更迭。惟楚有材传四海，于斯为盛雄千杰。穷学理、与日月争光，朝天阙。　今古事，知曲折。来往客，凝情结。见湘江北去，急涛堆雪。两岸旧容存史册，一桥新颖通寥廓。品芙蓉、万里尽朝晖，心头悦。

（2009年10月）

满江红·岳阳楼

天下名楼，经岁月、古今谁及？抬望眼、洞庭千顷，君山一色。情注波涛乡思涌，云飞寰宇光阴急。往来事、风雨送归舟，为何疾！　　纯阳酒，湘灵瑟。诗圣韵，希文笔[①]。问长城内外，大江南北。百废俱兴民是本，九州齐颂今非昔。忧与乐、两字重如山，声如霹。

（2009年10月）

【注】

① 纯阳酒：吕纯阳即吕洞宾，三过岳阳楼必醉；湘灵瑟：即湘水女神鼓瑟的故事；诗圣韵：即杜甫有《登岳阳楼》五言律诗；希文笔：范仲淹字希文。

念奴娇·武赤壁

周郎赤壁，问千年银杏，三山明月。诸葛东风谁赐予？成就一时豪杰。妙计连环，忠心苦肉，智勇真如铁。沧桑往事，汗青难与君说。　　回首龙虎争雄，英才早逝，万古留名节。折戟沉沙曹孟德，壮志何曾泯灭。铜雀谋深，金蹄声远，漫道从头越。杜康歌罢，望中吴蜀魏阙。

（2010年5月）

念奴娇·通山九宫山

九宫山上，望清凉世界，传奇风物。指点当年吴楚地，四象松篁葱郁。林海飞莺，龙潭落照，更有崖喷雪。天门伏虎，往来多少人杰？　　真牧气与神游，逍遥尘外，问道时空阔[①]。回首闯王千古恨，留与世间评说。石殿犹存，金鞍不朽，感悟生情结。举杯吟咏，拨云亭上邀月。

（2010年6月）

【注】

① 真牧等句：真牧系指九宫山开山道祖张道清，并化用南宋皇帝赵昀《题张真牧像赞》诗意："睡则无梦，觉则无忧。心非是用，气与神游。逍遥物外，于我何求。"

念奴娇·武当山二首

（一）

武当山上，见峰朝金顶，四周躬立。造化无声生圣境，引得有心寻觅。栖木乌鸦，连云宫殿，太极千钧力。阴阳鱼里，一图多少神秘？　　遥忆朱棣黄袍，风寒辇路，入梦难安逸。欲借道家传妙语，凝聚九州人脉。流水潺潺，炊烟袅袅，何事难清白？玉盘圆缺，是非今古评述！

（二）

陟高携手，咏武当仙境，漫山风物。七十二峰朝大顶，齐拜玄都金阙。太子坡前，太和宫里，自古多传说。千秋银杏，欲将心计题叶。　　薄暮凝目烟岚，如画如诗，脉脉情千结。一步凌空腾紫气，引得晚来飞雪。灵菊银妆，神鸦素裹，胜景难辞别。道生清静，涧流常驻明月。

（2010年10月）

水调歌头·厦门园林博览苑

往昔浊流地，今日大观园。长虹桥上观光，极目彩云间。景物虽为人作，景色犹如天佐，山水两相欢。白鹭尽东望，千里盼归帆。　　朝天阙，思兄弟，共婵娟。海西迎客，寒潮消退尽开颜。欲寄忠仁二字，翘盼乾坤双喜，情涌杏林湾。待到升圆月，把酒酹安澜。

（2010年11月）

水调歌头·武夷山大红袍景区

凝目小茶馆，回味大红袍。武夷山上风物，着意竞妖娆。玉宇经年传说，金榜题名报捷，还愿马蹄骄。从此甲天下，神韵入云霄。　　煮佳茗，品甘苦，问今朝。九龙窠小，何故商海动波涛？疑似仙家栽种，留与凡人称颂，诗客尽挥毫。但愿人康健，万里不辞劳。

（2010年11月）

念奴娇·敦煌莫高窟

胡杨新绿，又无声拥抱，杏花时节。万里行空寻胜迹，情系莫高群穴。白马传经，黄袍问世，大佛朝宫阙。丝绸路上，盛唐商海辽阔。　　更喜壁画飞天，英姿飘逸，振翅奔明月。今日中华频奏捷，霄汉神舟穿越。北斗遨游，东风浩荡，汉鼎凌高绝。九州昂首，五洲争与评说。

（2011年4月）

满江红·嘉峪关长城

嘉峪雄关，形胜地、望中戈壁。连峡谷、蜿蜒蛇阵，壮观南北。万里长城昂皓首，千年沧海升红日。思烽火、大漠历苍黄，迎新碧。　　名人传，常阅读。边塞草，堪珍惜。念丝绸古道，骆驼商客。国泰民安夸盛世，兵强马壮谋良策。怀忧患、击楫誓中流，今非昔。

（2011年4月）

念奴娇·青海原子城

金银滩上，铸中华利剑，镇妖神戟。傲骨凌空冲出鞘，霄汉蘑菇云急。四海欢呼，五湖澄澈，天下闻雷霹。江山如画，一轮喷薄红日。　　远客寻访源头，望中惊叹，荒野生奇迹。多少青春腾热血，付出真知博识。陋室篷窗，油灯瓦釜，白手千钧力。壮怀如铁，等闲环顾强敌。

（2011年4月）

念奴娇·罗田天堂寨

天堂寨上，正群峰拥晚，一钩闲月。昂首凭栏邀桂魄，凉透遍山风物。目送行云，手牵修竹，幽静思寥廓。如烟往事，望中时序跨越。　　远古烽火迷茫，英雄草莽，可惜声衰竭。曾几何时浮幻觉，搅得石崩崖裂。史册千秋，文心万笔，自是难休歇。镜湖生浪，几多疏影层叠。

（2011年8月）

念奴娇·宁夏沙坡头

沙坡头上，正金波荡漾，铁龙穿越。见识神奇灵性地，更有繁枝葱郁。大漠孤烟，长河落日，自古多情结。王维工笔，留下诗画凌绝。　　感慨良策安沙，凝眸方块，碧草年年发。胜景闻名腾格里，陶醉四时明月。赤胆风前，绿州云下，忘我浇心血。包兰通畅，一声长笛传捷。

（2011年9月）

满庭芳·通山九宫山

雨霁初晴，暑消新爽，漫山葱翠澄鲜。悬崖飞瀑，银练与天连。瑞庆宫前碧水，龙潭里、荡雾腾仙。人常道，龙珠神应，今古有灵泉。　　凭栏。花经眼，香飘鸟噪，思切心殚。见虎伏天门，狮拥云关。遥想当年药井，迷瑶草、断了琴弦。空悲切，闯王陵墓，浩气自难言。

（2012年7月）

水调歌头·巴黎塞纳河畔感怀

薄暮夕阳晚，疏雨霁光明。塞纳河边揽胜，遐迩早知名。凝视高低景物，细数兴衰岁月，逝水有涛声。剪影金穹顶，青史寄叮咛。　　登铁塔，穿宫殿，话军营。蓦然回首东望，往事愤填膺。八猰齐侵乱噬，一火狂烧无道，断壁卧京城。故国蒙奇耻，大海濯长缨。

（2012年8月）

霓裳中序第一·恩施大峡谷

登临大峡谷。绝妙风光惊众目。疑似外星造物。问地缝天坑，谁能评述？心潮急促。叹盐阳神女贤淑。魂安在？寄情山水，妆点土家族。　　祈福。壮哉悬瀑。愿洗净尘寰世俗。阴晴圆缺莫卜。截雨凌烟，翥鸿飞鹄。蕙兰常碧绿。卷细浪清江起伏。龙船调，轻舟争渡，放眼远峰出。

（2012年10月）

念奴娇·大冶古矿冶遗址

千秋矿冶，问山中藏宝，几多恩泽？凝目当年遗址处，惊叹先贤功绩。坑道无言，纵横有序，堪比精工笔。情融古物，慨然思绪喷出。　　炉火动地惊天，赧郎明月，彻夜红光熠。回首中华铜铁剑，铸就东方强国。青史难眠，苍松不老，再显神州力。常怀忧患，远航鸣响金笛！

（2013年3月）

念奴娇·东坡赤壁即事

大江东去，风波里、看透江南江北。回首向来萧瑟处，遥想达摩面壁。雨洗尘枝，风欺谗艳，时有芬芳泣。望中霜木，等闲秋雨淋沥。　　相许叶落归根，林间宿鸟，暗笑乌鸦黑。肯信白云留得住，梦里神游佛国。上下凭文，去留随意，自是皆飘逸。一瓢常乐，气平无畏声仄。

（2013年10月）

水调歌头·佤族原始部落翁丁村

一行辞北国，千里访南丁。飞天筑梦云海，劳顿自消停。心系修篁抽笋，目极鲜花织锦，试问为谁生？莫道他乡远，随处得清宁。　　漫分茶，竞斟酒，喜闻笙。追寻远古，佤村路径达门庭。犹喜狂欢摸黑，但改标牛故辙，奇俗自然成。霁色新光下，风貌更娉婷。

（2014年12月）

水调歌头·临沧步韵赠诗友

流碧两江水，滴翠四周山。冬日南寻佳境，七彩不偷闲。借问佤乡千古，谁解先民万苦，胜迹粲然观。崖画悬天地，追梦赴沧源。　　绿油油，金灿灿，米粮川。晴光照眼，望中垂柳绿丝烟。三角梅枝招展，炮仗花姿奇幻，随处似春园。一路行吟客，诗意绕林间。

（2014年12月）

念奴娇·踏秋寄怀

平湖成像，见空中云朵，世间尤物。惟有神工兼鬼斧，留下青山如壁。潘鬓霜繁，沈腰围减，谁钓寒江雪？落花飞絮，问之何是时杰？　　陶醉还是清欢，重阳落帽，芳菊金秋发。开卷寻思风雨里，不怕书灯吹灭。临镜开颜，虚怀任怨，犹自舒眉睫。一封微信，举杯昂首邀月。

（2016年10月）